恋に落ちる記憶
「うんといい思いをさせてあげるよ」
囁いて、俺の着てる物を脱がせていく。

恋《こい》に落《お》ちる記《き》憶《おく》

義月粧子《よしづきしょうこ》

ILLUSTRATION
須賀邦彦《すがくにひこ》

CONTENTS

恋に落ちる記憶

恋に落ちる記憶

「…なんか俺って場違いじゃね？」

店内を見回して、俺は思わず亮太《りょうた》に耳打ちした。

亮太に誘われて来てみたはいいが、この男ばかりのパーティは想像していたものよりもずっとゴージャスな雰囲気で、俺はすっかり気後れしてしまった。

俺の知ってるこの手のパーティでは、狭いバーを借り切るのがせいぜいで、酒も安い発泡酒でおまけに手酌だ。

ところが今日は、高そうなワインをはじめとして各種のアルコールが揃《そろ》えられていて、ビールを頼めばバーテンダーが洒落《しゃれ》た細身のグラスに注《つ》いでくれる。何より集まっている客の雰囲気が、俺がふだん行き慣れている店とはクオリティが違う。

顔の広い亮太が、知り合いから招待状をもらったので俺も誘ってくれたのだが、どうにも落ち着かない。こんなところでは相手を見つけるどころじゃない。

「久人《ひさと》ってば、何緊張してんだよ」

「俺こういう場所、苦手…」

「おまえ、年上が好きなんだから、こういうとこの方が相手見つけやすいぞ」

簡単に云《い》うだけあって、亮太はもてる。しかも自分からもがんがん攻める方だから、俺が知る限りでは二週間以上付き合う相手が切れたことがない。いいなと思った相手とはとりあえず寝てみるという考えのせいで、付き合ってみたらやっぱり違ったみたいなことは多いようだけど、とにかく恋愛に関しては消極的で完全受け身の俺とは対照的だ。

「亮太はいいけど、俺なんか相手にもされないって」

「またあ、そういう後ろ向きなことを云う」

亮太は呆《あき》れたように肩を竦《すく》めると、グラスを片手に空いたテーブルを探す。

「けっこう混んでるなあ」

「ちょっと来たの遅かったから…。それより亮太、メシどうする？」

「俺、空いたテーブル探しとくから、おまえ適当に取ってきてくれよ」

そう云ってビュッフェ・コーナーを顎《あご》でさす。けっこうな数の料理が並んでいて、かなり期待が持てそうだ。

「わかった。何かリクエストあるか？」

「肉！　高そうな肉が食いたい！」

亮太は無類の肉好きだ。

「肉なんてあるかな」

「ローストビーフとかならあるだろ。俺、今月入ってまだ一度も焼き肉行ってないんだ」

「…淳史《あつし》さんのこと振るからだよ」

淳史さんとは半年くらいは付き合ってたはずだ。亮太にしてはそこそこ続いてた方だ。

「あいつ、ほんと気前よかったよなあ。あいつのせいでやたら口が肥えちゃって、安い肉が食えないんだよなあ。それも善し悪しだなあ」

「なに贅沢《ぜいたく》なこと云ってんだよ」

俺は心からそう云うと、亮太に自分の分のグラスを渡して料理のコーナーに向かった。

料理はかなり本格的で、ビュッフェとはいえシェフがいちいちサーブしている。亮太期待のローストビーフも、でっかい肉の塊を刃渡り三十センチはあるカービングナイフで切り分けてくれた。

俺たちみたいにここぞとばかりにがつがつしてる奴《やつ》は少ないのか、ビュッフェ・コーナーはけっこう空いていた。それをいいことに、俺はあれこれと美味《おい》しそうなものや珍しいものを遠慮なく皿に盛っていった。

二人分の皿を持ってうろうろしていると、ふと見覚えのある顔を見た気がした。

「え…」

確認しようと思ってもう一度その先に視線を向けたが、すぐ近くに数人のグループが溜まっていて視界が遮られた。

「まさかね…」

彼がこんなところに居るわけがない。苦笑して、亮太を探す。

「久人、ここ！」

亮太が手を振っているところまで人混みをかき分けて進むと、高そうなスーツを着た二人組の男のテーブルに亮太がちゃっかり座っていた。

二人は俺に気付くと、露骨に敵意を含んだ視線を俺に向けてくる。どうやら亮太の彼氏だと思われて、警戒されたようだ。

実はそういうことは今までもよくある。というのも、俺は身長も一七五そこそこある上に黙っているとふてぶてしく見える面構えのせいで、兄貴になってください、みたいに年下から甘えられることが多い。亮太は俺よりずっと小柄でジャニーズ系の可愛《かわい》いルックスだったので、二人で居るとよくカップルと間違われるのだ。

「こいつ、年上の頼れるタイプが好きなんだ。いい人居たら紹介してやって」

亮太が二人にそう云うと、俺を見る彼らの表情がちょっと和らいだ。

「亮太くんのお友達？」

「彼、背高いねえ」

二人はにこやかに笑って俺に名刺をくれた。が、明らかに俺には興味なさそうだ。

亮太を気に入って声をかけてくる奴は多いが、そういう奴が俺に関心を示すことは先ずない。彼らも俺なんかすっかり無視して、二人がそれぞれに亮太の気を惹《ひ》こうとしている。

まあそんなのはいつものことで、俺も彼らの話を聞いているふりをして料理にがっつく。

彼らが俺に興味がないのと同様、俺もこの二人組はまったくタイプじゃなかったから、無視されようがそんなことは少しも気にならない。

俺は見た目がどちらかというと体育会系なので年下に頼られることが多いけど、実際は甘えられるよりも甘えたい方なのだ。

年上の包容力のある大人に可愛がられたい願望がある。似合わないのは自分でもわかっているが、これぱっかりは仕方ない。ゲイだってだけでも充分イバラ道なのに、その上にそんな願望持ちとくれば、楽しみは妄想くらいになる。

まあ夢見るくらいは誰に迷惑をかけるでもないんだから、許されるだろう。

カッコよくて経験豊富で大人な相手に、ベッドの中で泣かされたい。ああ、俺ってかなり変態入ってるかも…。

職場でたまに会う坂根《さかね》さんは、まさに俺の好みど真ん中だった。

仕事ができて、背が高くて、綺麗《きれい》でカッコよくて。俺より五つか六つ年上だ。さっき彼に似てる人が居てちょっとびっくりしたけど、あれはただの俺の願望だろう。

笑顔が素敵なんだけど、ときどきふっとした表情がやたら煽情《せんじょう》的に見える。エッチのときはものすごくエロそうな気がする。もちろん全部俺の妄想だが。

優しそうに見えて意外にあれでエッチのときは意地悪かも…、なんてことを想像していたせいか、少し離れたところで話をしている長身の男性が坂根さんに見えてきた。

おいおいまたかよ。こんなところに坂根さんが居るわけがないだろう。妄想もたいがいにしろと思ったが、それにしても似すぎている気がする。

「久人、聞いてる?」

突然亮太の声に我に返る。

「あ、ごめん」

「なんか久人が気分悪いみたい。ちょっとトイレ連れて行ってくるね」

亮太はそう云って二人ににっこり笑うと、俺を立たせてテーブルを離れた。

「…なんだよ、また俺のせいにして」

「だってあの二人、つまんないいんだもん」

どうやら二人とも亮太の気を惹くことはできなかったようだ。

「でも焼き肉奢《おご》ってくれそうだよ」

「それも高いとこな」

俺は黙って肩を竦めた。

「それより、久人ってばまた妄想してたんだろ？」

亮太が俺に耳打ちする。彼は俺のこの癖をよく知っている。

亮太とはお互いまだ学生のときにネットで知り合った。それからもう三年ほどの付き合いになる。

俺より一つ年下だが、恋愛経験は俺よりもずっと多い。

「…ごめん」

「べつに謝ることないけど。あんな自慢話聞かされたら退屈して当然だよ」

亮太は逃げ出せて清々したといった表情で笑ってみせた。

俺はそれよりもさっきの坂根さんに似た人が気になって、ついそちらばかり見てしまう。

気のせいだろうとは思うものの、それでも彼のように整った綺麗な顔立ちの男なんてそうそういるものではない。そう思って改めてもう一度、振り返って確認してみた。

「うわぁ…」

俺は思わず声に出していた。

「何？」

「な、なんでもない」

俺は慌てて頭を振った。しかし、もう心臓がどきどきしている。

間違いない。整いすぎて冷たく見えるほどの横顔、染めていないはずなのに色素の薄い茶髪、そして上品で優雅な物腰。

会社で見る姿とは少し違って、ラフだけどオシャレな格好だ。相変わらずセンスはいい。

話し相手の男性の耳元に何か囁《ささや》いている姿は、どこか妖《あや》しい雰囲気でどきりとする。

あまりじっと見ていたせいか、ふと彼と目が合いそうになって、慌てて逸《そ》らした。

「…なあ亮太、このパーティの参加者ってゲイばっかりなんだろ？」

「なんだよ、いきなり」

「…知ってる人に似てる人が居た」

「え、誰？」

「亮太は知らないよ」

坂根さんのことを亮太に話したことはあったけど、今彼が居たことを話すと亮太は確実に俺を焚《た》き付けるだろうと思ったので、あえて云わなかった。

「ふうん。でも似てる人が本人だったら、たぶんゲイかバイだと思うな。ここ招待状のチェックとかけっこう厳しいし紹介者なしじゃ入れないから、ノンケの友達連れて来るような空気読めない奴はあんまり居ないと思うよ」

「そっかあ…」

とういうことは、坂根さんもゲイかバイってことになる。

よく同類はわかるという人もいるが、俺は鈍いのかあまりピンとこない。なのでまさか彼が自分と同じ側の人間だとは思ってもみなかった。

坂根さんは大企業のCMをいくつも手がけている一流の広告クリエイターで、俺が勤めているアパレルメーカーのポスターも手がけてくれている。とはいえ、彼が契約している会社の中ではうちがダントツで小規模だろう。

うちの会社はアパレルメーカーといってもまだまだ新しいブランドで、従業員数も少ない小さい会社だ。俺はそこで、雑用のような事務仕事を任されている。

社員の殆《ほとん》どはデザイナーとそのアシスタントなので、皆芸術家肌とでもいうか、一般事務は疎い人たちばかりだ。それを有能な専務と、芸術家からはほど遠い俺とでカバーしていた。

俺は妄想癖はあるものの、それなりに事務仕事はできるつもりだ。社長が出席する対外的な打ち合わせには、忙しい専務に代わって俺が社長秘書の名目で付き添うこともある。

社長は浮世離れした社員たちの中にいても際だつほどの天然ぶりで、デザイン以外のことは社会人としてどうかと思うほど欠けまくっている。このブランドがメーカーとして存在できているのは、社長の夫である専務の力なくしてはあり得ない。社長だけなら、きっと自分と周囲の人たちの洋服を作るだけで終わっていただろう。

そんなわけで専務は実際は社長よりも権限を持っていて、俺はその専務から、坂根さんとの打ち合わせには毎回出席するように云われていた。と云ってもスケジュールなどの細かい点をチェックすることが主な役割で、特に意見を云うわけではない。ごくたまに意見を求められることはあるが、たいていは社長と坂根さんとの話を黙って聞いているだけだ。だから坂根さんと話らしい話をしたことはない。

それでも、挨拶《あいさつ》をするだけで俺は幸せになれた。堂々と彼の男前な顔を見られるだけでも、役得というものだ。

俺にとって、坂根さんとはそういう存在だった。ただただ憧《あこが》れの存在。

実は以前に、いつも笑っていて感じがいいねと坂根さんに云ってもらったことがある。坂根さんはとっくに忘れているだろうが、俺は嬉《うれ》しかったので今でも覚えている。

しかしそれも元はと云えば専務のアドバイスだった。俺は背がそこそこ高いこともあって黙って立ってるといかつい印象を与えるから、仕事相手と会うときにはとにかく笑ってろと、いつも専務から云われていたのだ。

それまではあまり社交的な方ではなく初対面の相手と話をするのは苦手だったが、俺よりももっと社交的でない社長をフォローするためにはそんなことは云ってられなかった。半ば開き直って、とりあえず意味不明な笑みを浮かべて乗り切るうちに、少しずつ余裕が出てきた。

ちょうどそのころに坂根さんに褒められて、俺は舞い上がった。彼に憧れていた俺にとってそのことは特別なことだった。

しかしだからといって、彼がバイかゲイだとは考えもしなかった。

「あ、後藤《ごとう》さんだ。挨拶行かなきゃ」

亮太が知り合いを見つけたらしく、急に声を上げた。

「え…」

「招待状くれた人。前にも話したことあったよな」

「ああ、あの人…」

「久人にも紹介するよ」

亮太は俺の腕に自分の腕をからめると、強引に俺を引っ張っていく。

「え、ちょっと…、やばいよ」

亮太が連れて行こうとする方向に、坂根さんの姿が見えたのだ。

「後藤さーん！」

亮太が大声で後藤さんを呼び止めたせいで、坂根さんが俺たちに視線を向けてしまった。

「亮太、声がでかいよ」

「あ、気が付いた！」

亮太はするりと俺から腕を外して、後藤さんを追いかける。

一人取り残された俺は、覚悟を決めてゆっくりと首を回して視線を上げた。

「…成末《なりすえ》くん？」

俺はごくりと唾《つば》を飲み込むと、ぎこちなく会釈した。

「…こんにちは」

「まさか、こんなところできみに会うとはね」

坂根さんは苦笑したように見えた。きっとこういう場所に居ることを仕事関係の人間には知られたくなかったのだろう。

「あの、俺誰にも云いませんから…」

ついそう口走ってしまった。

坂根さんの眉《まゆ》が俄《にわ》かに寄る。もしかして俺はよけいなことを云ったのかもしれない。

考えてみれば、ゲイのパーティで会ったことを誰かに口外しないことなんて暗黙の了解だ。それをわざわざ口にするなんて、なんか恩着せがましい。

「久人、早く来いよ」

亮太に呼ばれたのをいいことに、俺は黙って一礼すると慌ててその場を離れた。

「ひさとー、何やってんだよ」

「あ、ごめん」

俺は坂根さんのことで胸がもやもやしていたが、今はそのことは考えないことにした。

「後藤さん、彼が今話した友達の久人」

俺はぺこりと頭を下げた。後藤さんは、三十代真ん中あたりの品の良さそうな紳士だった。

「よろしく。背、高くてカッコイイね」

後藤さんのお世辞に、曖昧《あいまい》に笑ってみせる。

「亮太くんに聞いたけど、年上がいいんだって？」

「え、ああ、まあ…」

「それなら今日はきっと好みの相手が見つかるよ」

その言葉に内心苦笑する。好みのタイプなら今さっき見つかったけれど、俺なんか相手にされるはずもないのだ。

「身元のあやしい奴は居ないはずだから、安心して遊んでいって」

「…ありがとうございます」

いちおう礼は云ったが、適当なところで早々に引き上げようと思っていた。

やっぱり自分にはこんな上等そうなパーティは敷居が高い。いつものようなチープで雑多なノリが気楽でいい。背伸びしてこんなとこに来なきゃ、坂根さんに嫌な思いをさせずにすんだのに…。ついそんなことを考えてしまって、慌てて頭を振った。

「久人、何やってんの？」

「え、や、何も…」

「俺、ちょっと行ってくるから」

そう云って、少し離れたところに居る男にちらと視線を向ける。

「あ、がんばって」

「久人も、誘われたらあんま選《え》り好みばっかしてんなよ」

「大きなお世話だよ」

亮太は肩を竦めると、さっさと目当ての男に声をかけに行った。

遠目に見た感じでは、どうやら好感触のようだ。

いいなあ、亮太は積極的で。

俺には自分から声をかけるほどの行動力はない。情けないことに、いつも誰かが声をかけてくれるのをぼんやりと待っているだけだ。しかし待っていれば必ず声がかかるわけでもなく、知り合いもあまり居ない俺は一人で寂しく飲むことになる。そうするとついさっきのように妄想に耽《ふけ》ってしまいそうになるのだ。

「彼氏、いいの？」

慌てて顔を上げると、横に坂根さんが立っていた。持っていたワインのグラスを、すっと俺に差し出してくれる。

「え、あの」

俺はどぎまぎした。もしかしたら改めて俺に口止めに来たんだろうか。

「浮気公認？」

「は？」

「さっきの彼、他の奴にとられちゃうよ？」

「え？」

俺は本気で意味がわからず思わず坂根さんを見上げてしまった。まともに視線がぶつかって、俺が慌てて逸らそうとする前に、坂根さんは優しく微笑《ほほえ》んだ。

「それとも、きみも浮気しちゃう？」

「う、浮気って…」

坂根さんの目が俺を誘っているように見えて、絶対に気のせいだとは思ったけど、それでもどきどきしてきた。

「いいの？　きみの彼氏なんだろ？」

「へ？」

「あっちで他の男を口説いてる」

坂根さんの視線の先に亮太が居るのを見て、俺はやっとその意味がわかった。

「ち、違いますよ！　あいつはただの友達です！」

慌てて否定する。そういえば、亮太はクセでよく俺と居ても腕をからめてくるのだ。さっき坂根さんとすれ違ったときも、亮太は俺の腕にしがみついていた。

「ずいぶん仲良さそうに見えたけど？」

疑わしそうに俺を見る。

「仲は良いです、友達だから。でも俺、可愛いタイプは好みじゃないから」

思わず力説する俺を見て、坂根さんはくすりと笑った。確かに滑稽《こっけい》だ。そんなこと必死で説明するようなことじゃない。

俺は恥ずかしくなって、俯《うつむ》いてしまった。

「俺は可愛いタイプが好みだな」

あ、やっぱり…。

確かに亮太は誰が見ても可愛いもんなあ。今更わかりきったことに軽く落ち込んでしまう。

「きみらが付き合ってないなら、俺が誘っても問題ない？」

それはつまり亮太を紹介しろってことかな。こういうことはよくあるのだが、坂根さんに云われるとさすがにショックだ。俺はただぎこちなく笑うのが精一杯だった。

この場合は、やっぱり気を利かせて亮太を呼びに行った方がいいんだろうか。でもそれってちょっとあんまりだよ…。

哀しくなってしまって、また俯いていると坂根さんが優しく声をかけてくれた。

「どうしたの？　気分悪い？」

「え、いえ…」

「飲まないの？」

「あ、いただきます」

俺は場をしらけさせないように、とりあえずグラスを受け取る。

「おいしいチーズがあるから、俺のテーブルに来ない？」

「…はあ」

そんなに亮太を紹介してほしいのかな。でも坂根さんが本当に亮太を気に入ったのなら、やっぱり俺が紹介すべきなんじゃないかと思いながら、とぼとぼと坂根さんのテーブルに付いていった。

そこには先客が居たが、坂根さんを見るとすぐに立ち上がって席を譲ってくれた。そしてその先客に坂根さんは何か耳打ちしている。

「あの…」

「どうぞ。遠慮しないで」

テーブルの上には何も載っていなかったので、俺は思わず聞いてしまった。

「チーズは…」

坂根さんは優しく笑った。

「今、取りに行ってもらったから」

「え？」

「チーズ、ウォッシュタイプのとか大丈夫？」

「あ、たぶん…」

ウォッシュタイプがどんなものなのかよくわからなかったが、臭いのきついチーズは嫌いじゃなかったのでたぶんどんなものでも食べられると思う。

「とりあえず、ワインからどうぞ」

云われるままに、俺は一口飲んでみた。

「あ、おいしい…」

坂根さんはにっこり笑って、軽くウインクした。

「だろ？　平田《ひらた》の差し入れだから」

「平田？」

「今日の主催者だよ。あそこの茶色のスーツ着てる金持ってそうな奴」

確かに云われたとおりに金持ちそうに見えたので、俺はこっそり笑った。

「成末くんみたいな若くて背の高いすらりとした可愛い子は、彼の好みだから気を付けて」

「何云って…」

坂根さんに可愛いと云われて、お世辞とわかっていても赤くなった。

「それ云ったら俺より坂根さんの方が危ないじゃないですか」

「いやいや、俺は若くないし可愛くもないし」

「そんなの…！　俺なんてもっと可愛くないですよ！」

「なんで？　充分可愛いと思うけど」

そう云ってじっと俺を見る。さっきまでの優しい目と少し違う、何か探るような目だ。俺は心臓がばくばくしてきた。

「まあ確かに成末くんはどっちかというとカッコいいタイプかもね。けど、いつもにこにこしてるからか、それか性格のせいかわからないけど、俺には可愛く見えるよ」

なんだなんだ、これはまた妄想か。いくら彼に可愛がられたい願望があるからって、あまりにも露骨すぎる妄想だ。

いや妄想と云うよりは、ただのリップサービスってやつだ。そんなことでどぎまぎしてるなんて、俺はバカだ。今までに自分の容姿が特別に見映えがすると云われたことはないし、自分で思ってもいない。

「…坂根さんって、口がうまいんだ」

俺の言葉に、坂根さんは唇で笑ってみせる。

「平田に口説かれそうになったら、俺んとこ逃げておいで」

耳元にそっと囁かれて、俺は不覚にも真っ赤になった。それをごまかすように、慌ててワインを飲む。

「あ、チーズきたから試してみてよ」

さっきの人から皿を受け取って、俺の前に置いてくれる。何種類かのチーズが皿に盛られていて、実に美味しそうだ。

俺は遠慮がちに、一切れ口に運んだ。

「う、わあ。…こんなの初めて」

「美味しい？」

「すごく」

俺はちょっと興奮して、チーズを味わう。

「そりゃよかった」

「あ、坂根さんもどうですか？」

「ありがとう」

坂根さんはにっこり笑うと、俺の使ってたフォークでチーズを食べた。それを見て、うわあ間接キスだ、なんて思った俺は中学生並みだ。

こんなに近くに坂根さんが居て、俺の食べかけのチーズを食べているなんて、不思議な感じだ。俺は夢うつつでぼうっと坂根さんに見とれてしまう。

「お、リヴァロもなかなか…」

そう云うと、表面がオレンジ色のチーズをフォークにさして、俺の口元に持ってきてくれた。

ま、まさか食べさせてくれるというシチュエーション？　一瞬躊躇《ちゅうちょ》したが、それでも促されるように口を開けてしまった。

「どう？」

どうと聞かれても、緊張して味どころではない。でもとりあえずこくこくと頷《うなず》いた。

「これ、かなり状態がいいな」

「そ、そうなんですか」

「ワインにもよく合うし」

そんな話をしていると、坂根さんの知り合いが訪ねてきた。

「ちょっとごめん。チーズ、好きなだけ食べたらいいから」

坂根さんはそう俺に云い置いて立ち上がると、テーブルから少し離れたところで立ったまま話を始めてしまった。

俺は残ったチーズを一人で食べながら、ちびちびワインを飲む。落ち着いて味わうとこれまで食べたことがないほどの美味しさだった。坂根さんが云ったようにワインにむちゃくちゃ合う。

坂根さんに親切にしてもらえて、美味しいチーズとワインを味わえて、今日は来てよかったななんて幸せに浸っていたが、坂根さんがなかなか戻ってこないので、このままここに居ていいのか少し不安になった。

ちょうどそのときケータイにメールが入った。亮太からで「先に帰る」とだけあった。どうやらさっきの人とうまくやったようだ。

ちらりと窺《うかが》うと、坂根さんはさっきとは別の人と話している。なんとなく疎外感を感じて、そろそろ席を立つことにした。なぜ坂根さんが俺に声をかけてくれたのかわからないが、その親切に甘えていつまでも居座っていられたら迷惑だろうとも思った。

しかし黙って帰るのもなんなので、腰を浮かせて坂根さんの様子を窺った。

「どうかした？」

坂根さんはすぐに気付いて、戻ってきてくれた。

「あの…」

「あ、もうチーズ食べちゃったんだ。他に何か食べる？　誰かに持ってきてもらうから…」

「え、いいえ、自分で行きますから…！」

慌てて返す。

「そう？　じゃあ、俺も一緒に行こうかな」

「え…？」

「成末くん、一人にしたら持ってかれそうなんだもん」

「も、持ってかれるって…」

「そっち、人多いから…」

そう云うと、坂根さんは俺の背中にそっと手を回した。

も、もしかして俺エスコートされてる？　そう思うだけで頬《ほお》が熱い。

「さっきから俺も腹減ってたんだ」

「あ、あの、さっき食べたローストビーフ美味しかったですよ」

「ほんと？　それじゃあ俺も食べようかな」

間近で微笑まれるとどぎまぎする。

ビュッフェ・コーナーまで行くだけで、ちらちらと視線を感じる。きっと、なんだって坂根さんみたいなカッコイイ人が俺みたいな奴と一緒にいるのかと思われているに違いない。不釣り合いなのは自分でもわかっているけど、羨《うらや》ましがられているとすれば気分が悪いはずはない。

たとえ坂根さんが優しくしてくれることが口止めのためだったとしても、俺は幸せでいっぱいだった。

その後も坂根さんはなぜかずっと俺の相手をしてくれていて、その途中に何人かの知人を俺に紹介してくれた。

しかし俺は誰の名前も覚えられなかった。というのも、緊張していたこともあって、坂根さんに勧められるままにかなりのアルコールを飲んでいたのだ。

気分は悪くなかったが、とろんとしてきて眠気が襲ってきた。

「成末くん？　大丈夫？」

「あ、平気です。でもそろそろ帰らないと…」

「そう？　じゃあ送って行くよ」

「え…」

当たり前のように云って、俺に肩を貸してくれる。

「あ、自分で歩けます…」

坂根さんをかつてないほど近くで感じて、心臓が飛び出しそうだ。

「じゃあクロークでコート取ってくるよ。タグある？」

「確かポケットに…」

答えながら急いでポケットを探る。

「お友達に断わっておいた方がいいのかな」

「亮太ならもう先に帰ったってメールが…」

「そう。じゃあちょっとそこで待ってて」

そう云って坂根さんは俺をおいてクロークに向かう。

顔見知りに声をかけて戻ってきた坂根さんは、少し心配そうに俺を見た。

「気分悪くない？　十分ほどでタクシー来るから、その間トイレ行ってくる？」

「あ、平気です」

俺は坂根さんからライダースジャケットとワンショルダーのバッグを受け取って、もたもたと身につけた。自分じゃそれほど酔ってないつもりだったけど、若干袖が通しにくい。

「そういうカッコ、似合うね」

坂根さんは俺を見てにっこりと笑う。お世辞とわかっていてもちょっと照れてしまう。

そしてその坂根さんは、ベージュのスプリングコートをひっかけて、まるで英国紳士のようだ。なんというか、とにかくソフィスティケイトされていてエレガントなのだ。酔ってるせいか、いつもよりちょっと気が大きくなって正面からじっと見てしまう。

この人はセックスのときにどんな表情をするんだろう、などと本人を前にして考えてしまって思わず赤くなる。

「…どうかした?」

「な、なんでもないです」

俺は慌てて頭を振る。些《いささ》か乱暴に振りすぎたのか、一瞬ぐらりときた。

「あ、あれ?」

「大丈夫?」

よろけそうになった俺を、坂根さんが支えてくれた。ジャケットごしだけど坂根さんの握力を感じて、身体《からだ》が熱くなる。

「外の空気に当たったら少し酔いが覚めるかも…」

坂根さんは俺を抱えるようにして、店の外まで出てくれた。

「あ、気持ちいい」

「寒くない？」

「へ、平気です」

慌てて返すと、坂根さんから離れた。

なんか一人で過剰反応しているような気がする。

もしかしたらこういうときは相手に凭《もた》れかかった方がよかったのかもしれない。どうせ坂根さんは俺が酔って足元がふらついてると思っているんだから、それに甘えればよかったのだ。

せっかくのチャンスを自分で潰《つぶ》すなんて、ああ俺っていつも要領が悪い。

亮太からいろいろレクチャーを受けているし、妄想でもトレーニングしてるというのに、肝心なときに実行できないのだ。

せめて自分から何か話しかけようかと思ったところに、坂根さんのケータイが鳴った。

「ちょっとごめん」

坂根さんは断って、俺から離れる。

内容はもちろんわからないが、親しそうな口調で話している。どんな人が坂根さんとあんなふうに話せるんだろうかと、羨ましい気持ちになった。ふとそのとき、もしかしたらそれは恋人からの電話ではないかと気付いた。

坂根さんに相手が居ないはずがないではないか。電話の相手が恋人なら俺はタクシーが来たらそのまま一人で帰ることになるんだろう…などと寂しいことを想像してしまう。

なんとなく俯いてしまって、坂根さんの方が見られない。

「車、来たよ」

坂根さんの声にふと顔を上げる。

「気分悪い？」

「あ、いいえ」

「車、乗れる？」

「大丈夫です」

俺が答えると、坂根さんは俺を先に乗るように促す。

ああやっぱり。ここで、じゃあねと云われるんだと思ってしょぼんとしていると、タクシーに乗り込む寸前に、坂根さんが俺に耳打ちした。

「俺んちでいい？」

「え…」

ぞくり、とした。

驚いて見上げる俺に、坂根さんはふっと微笑した。

「ここからなら車で十分もかからないから」

俺は事情がよく飲み込めずに、それでも頷いてしまっていた。


目を覚ましたとき、俺は自分がどこに居るのかわからなかった。

起き上がろうとして、頭がぐわんと揺れて再び倒れ込んだ。

「やっちまった…?」

思わず口をついて出た。

酔って気が付いたときに、知らない場所に居たというのはこれが初めてではない。それほどひどい失敗をしたことはないが、今回もそうとは限らない。

不安になって、重い頭を庇《かば》いながら部屋の中を見回す。

あ…。俺は一気に思い出した。

「まさか…」

今度は気を付けてゆっくりと起き上がった。どうやら自分はソファに寝ていたようだ。そしてそこは趣味のいい家具が並べられている、広々としたリビングルームだった。

そうだ、ここは坂根さんの部屋だ。

そして俺はゆっくりと昨夜のことを思い返していた。

タクシーの中で、俺はまるで夢心地だった。

気持ちがふわふわして、どこかに飛んで行きそうだ。

「気持ち悪くなったら早めに云って？」

優しく囁かれて、黙って頷く。

坂根さんちに行くってことは、つまりお持ち帰りされるってことなんだろうか。なんかこれもまたいつもの妄想じゃないかと思えてしまう。

口止め料だとすれば気前がよすぎる。それとも坂根さんにとっては一晩限りのことなんか、よくあることなのかもしれない。それならそれで、俺も重く捉《とら》えないようにしなければ。

「あ、ビール切らしてたんだ。コンビニ寄った方がいい？」

「え？」

「もし飲み直したいなら…」

「お、俺はもう今日は…」

「なくていい？」

こくこくと頷く。

「そ。ならいいか」

坂根さんは唇の端でふっと笑った。

「炭酸の水があったと思うから」

「あ、そっちの方が」

「うん。エビアンもあるから」

なんだか無性に坂根さんに甘えたくなった。俺はたぶん、ものほしそうな目で坂根さんを見ていたと思う。ここがタクシーの中じゃなきゃ、酔いにまかせて坂根さんに凭れかかりたかった。そしてそうしても気まずくならない雰囲気は既にできていたと思う。

俺の妄想なら、部屋に入るなり押し倒されているくらいには、その気になっていた。

タクシーが停まったところは、閑静な住宅街だった。

坂根さんのマンションは俺の小汚く狭いワンルームマンションとは違い、いかにもセンスのいい高級マンションだった。

一階のエントランスは当然オートロックだ。エレベーターは二人きりだったけど、中には防犯用のカメラが設置されていた。しんとしたエレベーターの中で、俺はどんどん緊張してきた。

「どうぞ。入って」

坂根さんは玄関でコートを脱ぐと、俺を中へ促した。

綺麗に片付けられたリビングには、サラ・ムーンを思わせるモノトーンの不思議な写真が飾られていた。

「これ…」

「ああ、仕事仲間の阿部《あべ》ちゃんが引っ越し祝いにくれたんだ。南フランスあたりで撮影したらしい」

「いい写真ですね」

「成末くんはこういうの好きなんだ?」

坂根さんはそう云うと、じっと俺の目を覗《のぞ》き込む。どぎまぎして逸らそうとしたら、坂根さんの顔が近付いてきて、キスされた。

軽く唇が重なってすぐに離れたが、俺がうっすらと目を開けて様子を窺うと、坂根さんと目が合ってしまった。

「さっきからずっと、キスしてほしそうな顔してたよね」

優しかった坂根さんの目が、ちょっと意地悪く光った。

「タクシーの中じゃなきゃ、押し倒してほしいって思ってた?」

俺は真っ赤になって首を横に振ったが、坂根さんに全部バレていた恥ずかしさでよけいに中心が熱くなってしまう。

「…成末くんって、けっこうエロいね」

何もかも見透かしたように微笑むと、今度は俺の腰に手を回してしっかりと抱き寄せた。そしてさっきとはまるで違うキスを仕掛けてきた。

唇を何度も吸って、そして舌を差し入れる。

彼の舌は俺の舌を捉えると、嬲《なぶ》るようにからみついてくる。

その巧みなキスに俺は身体中の力が抜けて、立っていられなくなった。そんな俺を彼はしっかりと抱きとめてくれる。

坂根さんはほっそりして見えて意外に力がある。彼に体重を預けて、俺はされるがままだった。

「ベッド行く？　ソファがいい？　それともここで？」

彼はやはり優しく微笑みながら、俺に聞いてくる。

「坂根さん、…エロいよ」

「成末くんが誘うから…」

坂根さんの綺麗な長い指が俺の頬にかかって、親指が俺の唇を押さえた。

「ほんと、可愛いんだから…」

そう云ってまた更にエロいキスをする。

俺はずるずるとその場にへたりこんだ。

「ここでいいの？」

そんなことを優しく訊かれても困る。

坂根さんは俺の返事を待ったりはせずに、俺の耳の下をいやらしく舐《な》めながらライダースを脱がせてくれた。

俺の心臓は今にも跳び出しそうに、どくんどくんと脈打っている。それはきっと坂根さんにも聞こ

えているはずだ。

耳朶《みみたぶ》を軽く嚙《か》まれて、俺はその快感に思わず身体を捩《よじ》った。

坂根さんは、メチャクチャ手際が良かった。俺が勝手に想像していた以上に慣れている。

耳朶を舐めていたはずの舌が、もう乳首に移動していて、啄《ついば》むように乳首を愛撫された。

俺はけっこう乳首が弱くて、執拗に弄《いじ》られるとそれだけで勃起してしまう。坂根さんはそんな俺の反応を楽しむように、更に乳首を責める。

「あ……ん」

俺は顔に似合わない甘えるような声を上げてしまった。恥ずかしくなって思わず口に手を当てた俺を見て、坂根さんは小さく笑う。

「…ずいぶんと可愛いことするね」

坂根さんの目がきらりと光る。

「そういうことすると、虐《いじ》めたくなってくるんだけど」

え、虐めるって…。その言葉にぞくっとしたのは、それを期待していたからなんだろうか。

そして…。

…実はその後のことは、断片的にしか思い出せない。本当はその前のことも、覚えているつもりが記憶が欠けているところがいくつもあるような気がする。

ただ一つはっきり覚えているのは、坂根さんの後ろへの侵入を必死で拒んでいたことだ。

坂根さんのものが大きくて、俺はすっかり怖気《おじけ》づいた。そうでなくても俺はバックで気持ち良かったことがない。むしろその逆で、痛い思いをしてばかりだ。

坂根さんは無理強いしなかった、と思う。

後ろには痛みはもちろんのこと、特に違和感はない。

そのときの坂根さんの様子をまるで思い出せないのだが、もしかしたら気分を害していたかもしれない。ずんと落ち込んだ気分になって、もぞもぞとソファから抜け出る。そしてテーブルの上のメモに気付いた。

恐る恐るそのメモを手に取った。

『急な仕事が入ったので出かけます。鍵《かぎ》は今度会うときにでも返してください』

俺はぎくりとなった。

やっぱり、俺が拒んだせいで坂根さんは怒ってしまったんじゃないか。しかもそのまま帰りもせずに、翌日まで平然と寝ていたのだ。

「どうしよう…」

俺は思わず口に出していた。

メモの上には鍵と一緒にミネラルウォーターのペットボトルが置かれていて、ご丁寧にその隣に二日酔いの薬まであった。

気が付くというよりは、周到すぎると俺は思った。坂根さんにとって、こういうことはよくあることなんだろうか。

「やっちゃったよ…」

泣きそうな気分で呟《つぶや》く。

ふとそのとき、坂根さんが来週うちの会社に打ち合わせに来ることになっているのを思い出した。つまり今度会うときというのは、そのときのことをさすのだ。

俺はいっぺんに目が覚めた。

自分が仕事から戻る前に出て行ってくれ、という意味に受け取れた。というか、俺にはそうとしか受け取れなかった。

俺は慌てて服を着ると、二日酔いの頭で忘れ物はないかと何度も確認した。ヘタに忘れ物でもしようものなら、次に会うための口実としか受け取ってもらえないだろう。

自分が坂根さんにとって遊びで寝ただけの対象であるとわかっていて、そういう見え見えの口実を残して帰ることで坂根さんに煩わしい奴だとだけは思われたくなかった。そんなふうに思われてしまったら、あまりにも自分が惨《みじ》めすぎる。

逃げるように部屋を出たが、エレベーターに乗り込んだときにぐわんと頭が揺れて二日酔いの頭痛が襲ってきた。

もう一度部屋に戻って薬だけでももらってこようかと思ったが、それよりも早く帰りたい気持ちの方が強かった。

やっとタクシーを捕まえて、這《ほ》う這《ほ》うの体でなんとか自分のアパートまで戻った。

そしてシャワーも浴びずに布団に潜り込んだ。

なんだかひどく惨めな気分だった。


夕方になって目が覚めた。頭痛も治まっていたので、とりあえずシャワーを浴びるためにもぞもぞと起き出した。

喉《のど》がカラカラに渇いていて、シャワーの水を喉を鳴らして飲んだ。

髭《ひげ》も剃ってカップ麵《めん》なんぞをわびしくすすって少し落ち着いたところで、亮太に愚痴を聞いてもらおうとケータイを探す。

ジャケットのポケットに入ったままの状態のケータイは、電源が落ちていた。

俺は充電しながら、亮太に電話をした。

『おー、久人。おまえ、ケータイの電源切ってたのか？』

「違う。電池切れ」

『なんだよ、それ。ダセーな』

亮太はそう云って笑った。

『それより昨日はうまくいった？　すげえ格好いい人と一緒に居たみたいだけど』

「亮太、見てたのか？」

『帰り際おまえを探したんだぞ。そしたら一人じゃなかったから、俺としては気を利かせて声はかけずにメールだけ送ったんだ』

「そっか」

確かに亮太はよく気が利く。

『ナンパされた？』

「ていうかさ、実はあの人が前に話した坂根さんなんだよ。まさかあんなとこに居るとは思わなかったけど」

『坂根さんって、おまえが憧れてる広告クリエイターの？　ゲイだったのか？』

坂根さんの話は亮太には何度かしたことがあった。

「ゲイかバイ。俺もびっくりした」

『へえ、すげえ偶然だな。それで、あの後どうなったんだ？』

興味津々の声で亮太が聞いてくる。

「話すと長くなるんだけど…。亮太の方はどうなった？」

『俺の話はいいよ。長くなってもいいから話せよ』

考えてみれば、恋愛話はいつも俺は聞き役だったが今回は立場が逆になった。

俺は昨夜のことを覚えている範囲で、適当に端折《はしょ》って説明した。

『連れて行かれたの、ホテルじゃなくて坂根さんの部屋？』

「うん」

『やったじゃん。それは可能性あると見ていいと思うぞ』

「そ、そうなの？」

『当たり前だろ。口止め料のつもりならホテルとかにしとくよ』

云われてみればそうかもしれない。

「でも可能性って…？」

『付き合う可能性だよ』

「まさかあ…」

俺は思わず笑った。それはさすがにないだろう。しかし亮太は冷静に返した。

『いやまあ、付き合うと云ってもいろいろだけど…』

「あ、そういう意味ね…」

はははと笑って返したが、さすがに軽くへこんだ。

『とにかくさ、この際相手がどう思おうがそんなん気にしないでがんがん行けばいいと思うよ。せっかくのチャンスなんだから、ハナから諦《あきら》めることないだろう』

亮太はいつも行動的だ。

「そうは云うけど、相手にその気がないのにしつこく付き纏《まと》ったら嫌われるだけだし…」

『久人はいつもそうやって待ってばかりなんだからなあ』

亮太は呆れたように云って溜め息をつく。

『とにかく、せっかく鍵ももらってるんだから有効活用しなきゃ』

「もらったんじゃないよ！」

『だからー、もらったことに勝手にしちゃうんだよ』

「そんなことできるわけないだろ」

『最初は厚かましくいかなきゃ、あんなイイ男簡単にはモノにできないぞ』

さすが亮太、積極的だ。自分に亮太の半分でも行動力があれば、とは確かに思う。

『それに、気のない相手に鍵まで渡したりしないと思うけどな。高級マンションだったら管理人居るんだろ？　だったらそこに預けろとか云うはずだって』

「…そうかな」

亮太の言葉に俺は小さな希望を見出した。

『そうそう。なんでも都合よく考えなきゃ。おまえ、自分で思ってるよりはイケてるんだから、もっとがんばれよ』

「イケてないよ…」

『そんなこと云って、この前だって大学生から付き合ってほしいとか云われてたじゃないか。俺の後輩でも成末さんカッコいいって云ってる奴けっこういるぞ』

「…俺が年下苦手なの知ってるくせに」

『だな。おまえは見た目は体育会系だけど、中身は乙女だもんなあ』

「…乙女云うな」

亮太は電話の向こうで笑っている。

体育会系というほど筋肉質でもいかついわけでもないが、確かに見た目は可愛いタイプでは決してない。中途半端にタッパもあるし、中途半端に筋肉質だ。

『だっておまえ、甘えたがりだろ』

確かにそうなのだ。抱くより抱かれたい方だが、そういうのが似合う外見ではないので、相手を見つけるのに苦労している。

「悪かったな」

『べつに悪くないだろ。とにかくせっかくのチャンスなんだから、簡単に諦めるなよ』

「…そうだな」

『仕事がらみの相手に手を出してるってことは、意外にその気かもしれないぞ』

「そうかな」

『そうだよ』

力強く云われて、少し力が湧《わ》いた。

「じゃあがんばってみるよ。ありがと」

単純な俺はうまくのせられて電話を切った。

確かに亮太が云うとおりだ。待っているだけでは何も始まらない。

とりあえず、鍵は会社で会う前に自分で返しに行こうと思った。

お礼ということにして、何かおいしいものでも作って持って行くのはいいかもしれない。

実は料理はちょっとだけ自信がある。洒落たレシピは詳しくないが、毎日のお惣菜のような家庭料理は得意だ。

とりあえず材料を調達に行こうと出かける準備をしたところに、電話がかかってきた。

「亮太かな？」

そう思ってケータイを見る。

着信の名前を見て驚いた。

「なんで？」

思わず呟いていた。

なぜ坂根さんの名前がそこにあるのかわからない。いったいいつの間に、彼と番号交換をしたのだろうか。まったく覚えがなかった。

恐る恐る電話に出てみる。

「…はい」

『成末くん？　ああ、よかった。さっきから何回かかけてたんだけど…』

それは間違いなく坂根さんの声だった。

「あ、すみません。電源落ちてたんです。今まで気付かなくて…」

『もしかして寝てた？』

「え、いいえ、もう起きてました」

『今起きたの？　それって二日酔いで？』

「あ、まあ…」

『それならうちで寝てればよかったのに』

え、それって…。

『大丈夫？』

「あ、もう平気です」

『そう。よかった。ところで、明日何か予定ある？』

「え、明日？」

期待で心臓がどきりと震える。

『よかったら明日うちに来ないか？　昨日は途中で寝られちゃったから…』

やっぱり。覚えてないのは寝てしまっていたからだった。背中にじわりと汗を感じた。

「す、すみません！」

『謝ることないよ。けどまあ、これからってときに寝られたのは俺も初めてだけど』

そう云って坂根さんは笑った。俺は居たたまれない気分だった。

『それで仕切り直しってことで、明日来ない？　それとも、彼氏と約束がある？』

「か、彼氏なんて居ません！」

慌てて否定する。また坂根さんが笑ったような気がした。

『じゃあ、明日おいでよ？』

なんだかよくわからないけど、俺にとって都合がよすぎる展開だ。驚きと不安と戸惑いが渦巻いたが、俺がその魅力的な誘いを断わるはずもなかった。

坂根さんが相手なら遊ばれてもいい。本気でそう思っていた。

電話を切って暫《しばら》くはぼうっとしていたが、亮太に報告しようと思い立った。

「い、今、坂根さんから電話あった！」

電話が繋《つな》がるなり叫ぶ。

『はあ？』

「酔ってるときにケータイの番号交換してて、それで坂根さんがずっと電話くれてたの俺のケータイに。でも電源落ちてたから繋がらなくて…」

『なんだって？』

「だから俺のケータイの電源が切れてたから…」

『とりあえず落ち着けよ。意味わかんねえから』

確かに自分でも何を云っているのかよくわからない。

『坂根さんから電話あったのか？』

「そ、そう！　明日遊びにおいでって」

『へえ、よかったじゃん』

亮太の言葉に、改めて喜びが込み上げてきた。

「うん」

『やっぱ俺が云ったとおりだろ。相手も気があるんだって』

「そうかな…」

あんまり期待しすぎるのはよくないと自分に云い聞かせる。

『部屋に連れ込んだのも向こうだし、それでまた誘ってくれたわけだろ？　意外に前から久人のこと気に入ってたんだったりしてな』

「まさか…」

『とにかくうまくやれよ』

「うん、ありがとう」

電話を切った俺は、亮太に励まされた勢いで料理を作ることにした。

料理上手な祖母が、男をつかまえるには手料理が一番だと姉貴に料理を教えようとしたが、結局興味を持ったのは俺だけだった。早々に逃げ出した姉貴を尻目に、俺は小学生のころから祖母に料理のイロハを教わっていた。

そして高校生のころは既に母親を凌《しの》ぐ実力を身につけていて、仕事を持つ母に代わって家族の弁当と夕食は俺が作っていたくらいだ。

坂根さんが料理で釣れるとは思わないけど、それでも喜んでくれたら嬉しい。

さんざん考えた結果、得意料理の一つでもある豚の角煮を作って持って行くことに決めた。そこそこ保存もきくし、好きなときに食べてもらえばいい。電子レンジで温めるだけなので手間もかからない。

このメニューは祖母直伝で、味に煩《うるさ》い姉貴や亮太からも好評を博している。ご飯のおかずにもいいし、酒の肴にもなる、自慢の一品だ。

坂根さんが豚肉が苦手なときのために、鰆《さわら》の西京焼きも作ることにした。それと押さえに野菜の煮物も候補に入れた。

坂根さんは仕事柄外食が多そうなので、イタリアンやフレンチといったものよりも和食の方が喜んでもらえそうな気がする。あくまでも気がするだけだが。

浮き立つ気持ちを抑えて、俺は買い物に急いだ。

アパートからは少し離れたところにある高級スーパーは、ちょっと特別なときのための店だ。俺は亮太のようにファッション関係での贔屓《ひいき》のショップなんかは特にないが、スーパーに関してはちょっとうるさい。

今日買い物にきた高級スーパーは、品揃えと品質は文句なかったが、とにかく値段が高い。だから野菜や肉をここで買うことはまずない。同じくらい品質がよくて、ここより二、三割安い店を俺はとっくに調べ上げている。

しかしいろいろ食べ比べた結果、魚に関してはここよりいいものを仕入れる店はこの界隈《かいわい》ではまだ見つかってない。それだけに値段も後ずさりしそうなことが多い。でもとっておきのためにはこの店は外せない。魚はものが悪ければどんなふうに調理してもダメだからだ。

幸い鰆のいいのが入っていて、俺は予定どおり切り身になっているものを買った。そして今日は時間があまりなかったので豚バラと野菜もこの店で一緒に買ってしまうことにした。

店内では、上品そうな奥様が、松阪《まつさか》牛のパックや他のスーパーの倍はする有機栽培のグリーンアスパラを躊躇なくカートに放り込んでいる。

かなりハイになっていたが、俺の常識ではあり得ない値段のニンジンを買うにはそれなりの決意が必要だった。それでも坂根さんに食べてもらうために作るのだと思うと、自然とテンションが上がってきて店の中で小躍りしそうだった。豚バラ肉を選びながら口元がにやけてきて、商品を整理している店のスタッフが怪訝《けげん》そうに俺を見ていた気がする。でもそれが気にならない程度には俺は興奮していたようだ。

何しろ、ふだんなら絶対に買わない出始めたばかりのエンドウ豆を、バカみたいな値段で買ってしまったくらいだ。香りも薄いし粒も小さいのはわかっていたが、見た瞬間に豆ご飯が食べたくなってしまったのだ。

レジで支払いをするときは、足りなかったらどうしようとちょっとどきどきしたけど、もう気持ちは先に飛んでいた。


アパートに戻って、俺は着々と準備を進めた。

おからを入れた鍋で豚バラ肉を下茹でしながら、鰆を西京味噌に漬ける。

「魚ヘンに〜、春と書いて、サワラ〜」

自作の妙な歌を口ずさみながら、俺はすっかり浮かれていた。

「うちの味醂《みりん》は白扇《はくせん》酒造の本みりんー」

二十五歳の一人暮らしの男が、それも板前志望でもないのに、寸胴《ずんどう》鍋を持っていたりこだわりの味醂があるとか、ついでに包丁も特注で自分で研いでいるとか、そういうのはちょっと引かれるかもしれない。

でも何ごとにもソツのない坂根さんのことだから、もしかしたら料理も得意だったりして。俺よりもずっと手際よく作ったりするのかも。休日にはワインを飲みながら手間のかかるフレンチとか作りそうだ。想像するとかなり格好いい。

二人でキッチンに立って、坂根さんのアシスタントをするというのも悪くない。キッチンで二人で料理をしていたら、そのまま坂根さんに押し倒されたりして。さすがに俺が裸エプロンなんかやったらただのギャグだけど、白いコックコートを脱がされるというのは悪くないかも。

そうやってまた妄想が広がり始めて、恍惚《こうこつ》となる。

「坂根さん、角煮嫌いじゃないといいなあ」

坂根さんの笑顔を思い出して、一人でにやにやしてしまう。

好きな人のために料理を作るのは久しぶりだ。しかもただのお礼ではなく、坂根さんの方から誘ってくれたのだ。浮かれるなという方が無理だ。

もしかして俺が鍵を返したら、そのまま持ってたらいいよとか云われたりして。前から好きだったんだ、付き合ってくれ、とか云われたらどうしよう…。

角煮を煮込みながら、俺は再び妄想に耽っていた。


着ていく服にさんざん悩んで、結果的にどうということもない無難なカッコで坂根さんのマンションを訪ねた。

マンションの玄関でインターホンを押すと、坂根さんがオートロックを解除してくれる。

昨日は落ち着いて観察する余裕もなかったが、改めて見るとヨーロッパ風のこ洒落た建物で、手入れの行き届いた中庭まであった。

もしかしたら管理費だけで俺の家賃より高いかも…。そう思うと途端に気後れした。

こんなところに住んでいて、広告の世界でも第一線で活躍してる人が、しかもあれだけの男前が、本気で俺と付き合ってくれるはずがない。やっぱりどう考えても遊び相手だろう。

でもそれならそれでもいい…。しかしそのとき意気揚揚と持参した差し入れに気付く。

手作りの料理なんて、内心笑われるかもしれない。角煮はぎりぎり…、けど鰆の西京焼きなんてダメかも。野菜の煮物にいたってはよく考えれば坂根さんには似合わない。そもそも家庭料理ってのが、なんか重い？　親しくもないのに先走りすぎたんじゃないか。

後で食べてくださいって置いて帰っても迷惑なだけかも。それならいっそ、ここでこっそり処分した方が…。

はっと気付くとエレベーターが最上階で止まった。

自分の妄想ですっかり落ち込んだ俺は、そのままエレベーターに紙袋ごと置いて行こうかと思ったが、不審物ということで騒ぎになったらもっとやばい。

なら、ここで全部食べてしまう…のはいくら何でも無理だし。

バカなことを考えているうちに、エレベーターのドアが閉まりかけた。慌てて降りる。

坂根さんはそんな意地悪な人じゃないはずだと自分に云い聞かせて、やっとインターホンを押した。

まったく、自分でもこの妄想癖にはときどき疲れる。

「いらっしゃい」

玄関で出迎えてくれた坂根さんは、妄想でへこむ俺に優しく微笑んだ。それだけでさっきまで落ち込んでいたのが嘘《うそ》のように浮上してきた。

「こ、こんにちは」

「買い物帰り？」

坂根さんは差し入れの入った紙袋を見てそう云った。

「え、あの…」

「それともお泊まりグッズ？」

にやりと笑って云う。俺は真っ赤になってしまった。

「や、そんなんじゃなくて…」

云い淀《よど》む俺に坂根さんは優しく微笑んで、中に促した。

「コーヒー入れるから、適当に座ってて」

「あ、はい」

ソファの端に腰掛けて、忘れないうちに鍵を取り出してテーブルの上に置いておいた。

なんとなく落ち着かずにあたりを見回す。

「成末くんは、ミルクと砂糖は入れる？」

カウンターキッチンから顔を出した坂根さんが、パックの牛乳を見せた。

「あ、できればミルクを…」

「んじゃ、カフェオレにしちゃおう」

二人分のマグカップにコーヒーと牛乳を注ぐと、リビングまで持ってきてくれた。

「ん？」

カップをテーブルに置こうとした坂根さんは、俺が返した鍵に気付いた。

「あの、忘れないうちに鍵を返しておこうと思って」

「ああ、ありがとう」

当たり前だけど、そのまま持ってたらいいよなんてこと、彼が云うはずもなかった。

俺は内心自分自身に苦笑しながら、大人しくコーヒーを飲んだ。

「あ、美味しい…」

「そう？　よかった」

にこっと笑った坂根さんはほんとに素敵で、ぼうっとなってしまう。

「それより夕食まだだろ？　鮨《すし》でも取ろうと思ってるんだけど」

坂根さんはマガジンラックからデリバリー用のメニューを取り出した。

「それともピザとかのがいい？」

さっきからの坂根さんの笑顔に、俺は思い切って紙袋を差し出した。

「あの、これ、作ってきたんでよかったら…」

「え、何？」

俺は容器をテーブルに並べた。そしてどきどきしながら坂根さんの反応を窺う。

「きみが作ったの？」

「はい、いちおう…」

「こりゃすごいや」

蓋《ふた》を取って中を見せると、坂根さんは本当に驚いてくれているようだった。

「和食が作れるって、どこかで板前の修行でもした？」

「まさか。そんな大したものじゃないですよ。うちの親は共稼ぎなもんで、ガキのころから労働力として いろいろ手伝わされてきただけで…」

「えらいねえ。俺、料理はからきしダメ」

「今食べます？」

「ぜひ」

「じゃあ、温めてきますね」

俺は心からほっとした。エレベーターでの妄想は綺麗に消え去った。

坂根さんちの台所は憧れのシステムキッチンだったが、使われている様子は殆どなかった。

「手伝おうか？」

「あの、小鉢とかお皿は…」

「えーと、確かここに…。適当に出してくれる？」

「はい」

坂根さんは食器棚の中すら把握していないようだったが、皿はもちろん適当な小鉢も見つかった。それをシンクで洗いながら、もしかしたら前の恋人とかが揃えたのかなあと勝手に想像して軽くへこんでしまう。

「あれ、洗わなくていいのに。棚の中は定期的に綺麗にしてもらってるんだ」

「え…」

いったい誰に…と思ったのが顔に出ていたようだ。

「ああ、週に一回ハウスキーパーを頼んでるんだ。だから部屋も台所も綺麗だろ？　俺一人だとこうはいかない」

なるほど。ハウスキーパーなんて考えたこともなったけど、なんかいろいろと格好いい気がする。

「せっかくのご馳走だから日本酒でも飲む？」

「いえ、今日は…」

「そうだね。昨日みたいに酔って寝られたら困るしね」

昨日の失態を思い出して、俺は思わず赤くなる。

「ビールくらいならいいかな」

二人で料理とビールをリビングまで運んで、早速乾杯した。

「成末くんって、可愛い上に料理もできるなんて文句なしだね」

まだ箸《はし》もつけてないうちに、坂根さんは嬉しそうにそう云ってくれた。

「それは食べてから云ってください」

照れながら云う俺を見て、坂根さんは頷きながら角煮を口に運んだ。

「…うまいよ。これ、店で出せるよ」

「ほんとですか？　よかった」

坂根さんは本当に気に入ってくれたようで、鰆にも野菜の煮物にも手を出して、どんどん平らげてくれる。

「豆ご飯もおいしいよ。今年はまだ食べてなかったから嬉しいなあ」

「あ、俺も初豆ご飯です」

思ったとおり出始めたばかりで粒も小さかったが、坂根さんが喜んでくれたので、もうそんなことは問題じゃない。

料亭の豆ご飯は、豆の色が変わるのを嫌って豆はご飯が炊きあがる少し前に入れる。でも俺は風味重視で米を洗ったときに入れておいて一緒に炊き込むことにしている。豆は黄色く変色してしまうがご飯全体に豆の風味が行き渡るのでこっちの方が断然美味しいはずだ。

こんなに喜んでもらえるのなら、味噌汁も作ればよかったかも。

「もしかしてきみと付き合ったら、こういう特典が洩《も》れなく付いてくるってこと？」

するっと出た坂根さんの言葉を、俺はどう処理していいのか迷った。乗っかっていいものか、ただの冗談だと流せばいいのか。

しかしここは乗っかるべきだと、亮太の声が聞こえた気がした。

「付いてきます、付いてきます」

思わず繰り返してしまう。

「それはお得だね」

坂根さんのその答えに、もしかして軽く流されたのかなと思いながらも、それでも喜んでもらえてよかったと思った。

「それじゃあ次からはうちの台所で作るってのはどう？　云ってくれたら材料とか買っておくから」

俺はごくりと生唾を飲んだ。

「食器もあんまり出してないけど、仕事先で貰ったものとかけっこうあるんだ。食べ終わったら使えそうなの見てくれる？」

「い、いいんですか？」

「いいも何も、こっちがお願いしてるんだから」

坂根さんの優しげな笑みに、俺はのぼせたように頬が熱くなった。

俺、絶対真っ赤な顔してる…。カッコ悪い。

「成末くんももっと食べなよ」

「あ、はい…」

俺は決して食が細いわけではないのだが、このときは緊張のせいか胸がいっぱいで、ついでにお腹もいっぱいな気分だった。

二人でご飯を食べて、二人でこれから使う器を選んで…。まるで新婚さんだ。憧れていた坂根さんとこんな時間が持てて、俺はすっかり有頂天になっていた。

料理を無理矢理俺に教えた母親と祖母に、これほど感謝したことはない。

両親は仕事を持っていたので、ガキのころから俺と姉貴は当たり前のように家事をさせられてきた。母は男女差別をしなかったので、姉貴にも俺にも小学生のころから包丁を持たせ、コンロの前に立たせてきた。

結局のところ、それが俺の数少ない特技の一つとなったわけだ。

「多めに作ってきたんで、よかったら残ったのも食べてください。冷蔵庫入れておけばそこそこ保《も》つと思うんで…」

「それは嬉しいねえ。けど俺はまた成末くんと一緒に食べる方がいいな」

坂根さんは喋《しゃべ》っているときは、俺の目をしっかりと見て話す。俺は息苦しくなって、たまらず目を伏せてしまう。

「こういう家庭料理って、一人で食べるとなんとなく寂しいじゃない？」

「そ、そうですか…？」

「うん。それに作ってくれた人を思い出したら、会いたくなるしね」

そんなことを云われたのは初めてだ。どうしよう、身体が火照《ほて》ってきた。

「成末くん、こっちおいでよ」

爽《さわ》やかだった坂根さんの顔に、ふっと妖しい色が浮かぶ。

「え…」

戸惑う俺を見て、自分の横のカーペットをぽんぽんと叩《たた》いた。

「ほら、早く」

「座って…？」

少しだけ強引な口調に、俺は躊躇《ためら》いながらも立ち上がって彼の隣に移動する。

坂根さんは俺に向かって手を差し出した。俺がその手を取ると、彼はぐいと手を引いた。

「う、わ…」

バランスを崩した俺を、坂根さんは抱き留めてくれた。

「やっと触れた」

坂根さんはそう云って俺の手を撫《な》でる。

俺は全身がぞくりとなった。

「成末くんは見てるだけでも可愛いけど、うち来たときからずーっと触りたかったんだ」

もう頭は沸騰しそうだった。

「ご飯はすごく美味しかったけど、やっぱりこっちの方が…」

あ、と思ったときにはキスされていた。

やっぱり、うまい。

ぞくぞくして頭の芯まで痺《しび》れるようなキスに、俺はすっかり翻弄されてしまう。

「可愛い顔するなあ」

一旦《いったん》唇を離すと、そっと俺に囁く。

坂根さんに可愛いと云われると、なんだかくすぐったいような、ふわふわした気持ちになる。

坂根さんは俺の反応を確かめながら、深く緩くキスを繰り返す。もうどこにも力が入らなくて、彼にされるがままだ。

「今日は途中で寝ないでよ?」

坂根さんはくすくす笑いながら俺を抱き上げた。

「さ、坂根さん…」

六十キロを楽に超える俺を姫抱きにして、軽々とベッドまで運ぶ。

「うんといい思いをさせてあげるよ」

囁いて、俺の着てる物を脱がせていく。

坂根さんの舌が指が、俺の身体中を愛撫して、俺を快感の滝に突き落とす。

俺は溺《おぼ》れそうになって、必死で息を吸う。

とうとう坂根さんの舌が俺のペニスにからまって、俺は堪《こら》えきれずに声を上げた。

「あ、い…いい…」

身体がどうにかなったみたいで、吸い上げられるたびにびくびく震える。うますぎる。気持ちよすぎる。

坂根さんは俺の反応を確かめながら、焦らしたり煽《あお》ったりして、目一杯俺の快感を高めていく。

俺は必死で堪えたが、長くは保たなかった。

彼は俺の放ったものを飲み干すと、シャツを脱いで上半身裸になった。

坂根さんはほっそりして見えるが、脱ぐと意外に筋肉質のしっかりした身体つきだった。かといって逞《たくま》しいほどがっちりしているわけではなく、しなやかな筋肉だ。

坂根さんの割れた腹筋を見ただけで、また下半身に血が集まってくる。

「俺のもしてくれる？」

何となくSっぽい目で俺を見下ろすと、彼はベルトを外してファスナーを下げた。そして俺の顎を捉えると、鼻先に硬くなったものを近づけた。

俺は、云われたとおりに坂根さんのものを口に含んだ。フェラはそれほど上手ではないが、それでも俺は何とか気持ちよくなってほしくて、必死に坂根さんのものをしゃぶる。

ふと見上げると、快感で少し歪んだ顔の坂根さんはものすごく色っぽくて、俺はどぎまぎした。

次の瞬間、坂根さんと目が合う。彼は目を僅《わず》かに潤ませていて、俺を見ると薄く微笑んだ。そのいやらしくて綺麗な微笑は、これ以上ないほど俺の股間《こかん》を直撃した。

俺は坂根さんを咥《くわ》えながら、片手で自分のものを扱《しご》いた。

「…俺がやってあげるよ」

坂根さんは俺から張り詰めたペニスを取り上げると、体勢を入れ替えて再び元気になった俺のものを舌で愛撫し始めた。

「あ、坂根さん、…いい…」

思わず声が出る。

そのとき坂根さんの長い指が俺の後ろに埋まって、俺は思わず身を竦めた。

「あの、坂根さん、俺、入れるのは…」

一昨日も同じ言い訳をしたのを思い出す。それを見て坂根さんはふっと笑った。

「大丈夫、俺に任せて。きみが嫌がることはしないから」

「でも…」

「うんと馴らしてからやるから…」

俺は小さく首を振って、縋《すが》るように彼を見た。

「坂根さん、お願い…」

しかし坂根さんはそれに優しく微笑んだだけだった。

「久人、もっとリラックスして」

初めて名前で呼ばれて、俺はぞくっとなった。その反応に気付いたのか、坂根さんは俺のペニスの先端をぺろりと舐めてくれた。

「……！」

思わず俺は腰を捩る。

「何をそんなに怖がってるの？」

「だって、いつもすごく痛くて…」

「それは今までの相手が悪かったんだよ。俺は心得てるから安心して任せて」

優しく云って俺に笑いかけてくれる。

「どうしてもきつかったらやめるから」

その言葉に、俺はちょっとだけほっとした。そんな俺を見て、坂根さんはにやっと笑った。

「でもきみのここは、すぐに俺が欲しくてたまらなくなるよ。俺がうんといやらしい身体にしちゃうから」

スケベな台詞に俺の方が赤くなる。

坂根さんは俺のペニスを愛撫しながら、たっぷりとローションを垂らして、長い指でアヌスも馴らしていく。

「あ…、ん…」

思わず甘ったるい声を上げて、自分でも驚いた。いつもなら指を入れられただけで、ただ痛いだけだったのに。坂根さんのやり方がうまいのか、それともこれまでとは比べものにならないほど全身がエロエロになってしまっているせいか、いつものような痛みはなかった。

入念に解されたそこは、もう坂根さんを迎える準備ができていたらしい。

「坂根さん…」

俺は身体の芯が疼《うず》いてくるのがわかって、なんだか泣きそうになった。

「祐司《ゆうじ》だよ」

「え…」

「坂根じゃなくて祐司」

ああ、そういえばそんな名前だった。

「ゆ、祐司、さん…」

口に出しただけで、身体が熱くなる。

坂根、いや祐司さんは、俺に軽く口付けると、自分のペニスを俺の後ろに当てた。

「ゆっくり息吐いて…」

俺はすごく不安だったが、祐司さんの呼吸に合わせた。

圧迫感に恐怖を感じて身を竦める。が、彼に耳を舐められて緊張が緩む。祐司さんはそのタイミングをうまく捉えて、ぐいと先端を潜り込ませた。

「え…」

圧迫感というか異物感は大きかったが、痛みはさほど感じなかった。

祐司さんは浅いところで止めて、そこを軽く突いてくる。

それはムチャクチャ気持ち良かった。

さんざん前立腺を責められて、その快感に身体中がぐだぐだになっていく。それを感じ取ったのか、祐司さんは更に深いところまで入り込んで、俺の内壁を擦《こす》る。

「あ、…そ、そこ、いい…!」

俺は恥ずかしいほど声を上げて、祐司さんの動きに合わせて自ら腰を振っていた。

祐司さんは、大人で紳士でクールで優しくて、そしていやらしくてエロかった。


めくるめく週末が明けて、俺はすっかり色ボケ状態だった。

何とか気をひきしめようとするのだけど、自然とニヤケてしまうのが止められない。気持ちがふわふわと宙に浮いているようで、半分酔っぱらっているような気分だ。あれからもう二日もたつのに、まだ夢の中にいるようだった。

今でも坂根さんのことを考えるだけで頬が緩んできてしまう。

「成末くん、さっきから気持ち悪いんだけど」

週に二日だけパートタイムで事務仕事を手伝ってくれている茜《あかね》さんが、とうとう呆れたように俺に云った。

「へ？」

「入力しながらにやにや笑ったり、ヨダレ垂らしたり」

俺は思わず口元を拭《ぬぐ》った。

「…ヨダレは嘘だけど」

くそ、ひっかかったか。

「ヨダレ垂らしそうな顔してたってことよ。なんか良いことあったの？」

「俺、そんな顔してました？」

「してた、してた。気持ち悪かったもん」

茜さんは容赦ない。

「…顔、洗ってきます」

「そうね。いってらっしゃい」

席を立って洗面所に向かう。専務や営業の人たちが戻ってくるまでは、事務所の中はのんびりとしたものだ。

「今日は坂根さんが来る日なんだから、打ち合わせのときにそんな顔してないでよ」

事務所を出ようとして、俺は慌てて振り返った。

「え…？」

「何、忘れちゃってたの？　もう、しっかりしてよ」

「今日だっけ？」

「そうよ。何呆《ほう》けてんのよ」

確かに呆けてる。

「まあ今日は専務も一緒だから、成末くんが多少呆けてても大丈夫でしょうけど」

「え、専務も？」

「ああ、これは云ってなかったわね。朝、成末くんがべつの電話に出てるときに専務から連絡があったのよ」

「あ、そうですか」

「でも、今日みたいにボケボケしてたら容赦なく専務のツッコミが入るから」

「わ、わかりました。急いで顔洗ってきます」

茜さんは今はパートだけど、俺が入社する前は社員で五年以上も今の俺の仕事をしていたのだ。

彼女は社長の幼馴染《おさなな じ》みで、この会社は社長と専務と茜さんの三人で始めたようなものだと社長から聞いていた。一人で三人分の仕事をこなしていた茜さんが双子の出産で会社を辞めることになった後に俺が入った。つまり俺にとっては大先輩だ。子供たちが保育園に通うようになって時間ができたので、週に二回だけ手伝いにきてくれている。

洗面所でばしゃばしゃと顔を洗いながら、ふと今日のことを坂根さんは何も云ってなかったことに気付いた。

俺と同じように忘れていた可能性がないわけじゃないけど、色ボケの俺と違って坂根さんは仕事に関しては抜かりのない人のはずだ。だから忘れていたとはちょっと考えにくい。

ということは、坂根さんにとってセックスした相手の職場を訪れることは、特別なことではないのかもしれない。きっと今までにもそういうことはあって、仕事とプライベートは完全に切り離しているのだろう。

実際、仕事にも今一つ身が入らないくらいに浮かれまくってるのは俺の方だけで、坂根さんは深夜まで仕事があるのも珍しくなく、電話は俺からかけた一度きりで、あとは俺のメールに返信をくれるだけだった。それもかなり素っ気ないメールだ。

仕事が忙しいのだから仕方ないと特に気にしてはいなかったのだけど、もうちょっと気にした方がいいのかもしれない。

つまり、坂根さんの方はただの遊び相手の一人という認識なんじゃないだろうか。優しかったのも会ってるときだけで、間違っても自分が坂根さんの彼氏だとか思わない方がいいんだろう。

ちょっと寂しかったが、それは覚悟していたことだ。俺は坂根さんと一緒の時間が過ごせるだけで満足だった。

「いつまでも浮かれてんなよ、俺！」

俺は顔を洗うと、頬を両手で叩いて気合を入れた。

俺個人の気持ちは置いておいても、うちの会社にとって坂根さんの事務所との関係はかなり大事なものなのだ。それは双方にとってというよりは、一方的にうちの会社にとってである。

坂根さんは広告業界ではトップと云われるD社に勤めていたが、三年ほど前に独立して同じ広告畑の友人やカメラマンと組んでプロダクションを作っている。

彼の仕事の多くは大企業のもので、恐らくうちの会社との仕事が彼の事務所にとって一番小規模で旨みの少ないものだと思う。

坂根さんが手がけたＣＭを見て一目で気に入ったうちの社長が、何度も足を運んでやっと引き受けてもらえたのだと、茜さんから聞いたことがある。彼女によると、坂根さんと専務は昔馴染みで、それもあってどうにか引き受けてもらえたらしい。

雑誌用の広告グラビアやコレクションのポスターはすべて坂根さんの手によるもので、その広告効果でそれまで認知度の低かったうちのブランドがじわじわと広まっていったのだ。今後もそのイメージを続けていきたいと社長たちは考えていた。そのためには坂根さんに断られるわけにはいかない。それだけに、うちの社では坂根さんは間違いなくＶＩＰ待遇だ。

俺が彼とトラブって坂根さんが仕事を降りるなんてことになったら、俺の方がクビになるかもしれない。もちろん坂根さんがそんなことする人とは思えないけど。

ちょっと背筋を伸ばして、洗面所を出る。

事務所に戻ると、専務が来ていた。

「成末、この前社長が頼んでた資料探し進んでるか？」

専務は俺の顔を見るなりそう云った。俺は思わず顔をしかめる。

「いちおう今あたってるところです。ただちょっと漠然としすぎているというか、大雑把《おおざっぱ》すぎるというか…」

「それ、社長に云った？」

「云うには云ったんですけど、あまりわかってもらえなかったみたいで…」

専務は苦笑している。

社長が次作のイメージ作りに参考になるものを探していて、俺はその手がかりになりそうなものを発掘してくる係なのだ。

「まあ、社長の意図してることはわからないでもないので、目星をつけていくつか書店に注文してはみています。あとはネットで使えそうなサイトもチェックしてあるので…」

「じゃあ何とかなりそう？」

「ある程度揃ったとこで社長に見てもらって、それが大外ししてなきゃなんとか…」

「そっか。うまくいくことを願ってるよ」

専務は人ごとのように云って、俺の向かいのデスクでパソコンを開いている。

「でも成末くんはすごいよね。私は社長が何を求めてるのか全然わからなかったもん」

茜さんが妙な褒め方をしてくれて、俺は思わず照れる。

「感性が似てるんだろう。社長の連想ゲームについていけるの、成末だけだから」

「そうなのよね。彼女前からときどき日本語おかしいしね。思考の方向性が似てなきゃ、社長の取り留めのない話からあんな資料集めてこられないもんねえ」

あれ？　微妙に褒めてない？

「芸術的とかいっても、紙一重なわけだし」

「そ、それは、俺もおかしいってことですか？」

思わず抗議してみた。俺は自分はいたってまともで、どっちかというとおもしろみのない人間だと思っている。社長は多少変わっていてもその感性で成功しているのだからいいけど、その社長と感性が似ていたとしても凡人となれば、いろいろと問題があるような気がする。

「個性的ってことよ。こうやって仕事に活かせてるんだからいいじゃない」

「…ここに就職できてよかったです」

確かにそれは本気でそう思うことはよくある。ただの事務職のつもりで就職したけど、社長と専務のおかげでいろいろと変わったこともさせてもらえるのは楽しくもあったからだ。

「成末くんはそういう素直なところがいいのよね」

「はあ、どうも…」

「望まれるところで仕事をするのが一番よ。社長だって、成末くんのおかげでいいデザインができるんだから」

そう云われるとやっぱり嬉しい。

俺は恋愛でもそうだけど、普段も自分がリーダーシップをとるのが苦手で、しっかりした人についていってどうすればその人の役に立てるかを考えるのが好きなのだ。だから今の職場はすごく俺の性格に合っていて居心地が良い。

専務も茜さんも人を使うのがうまいから、俺は安心して彼らについていくことにしている。

そろそろ坂根さんが来社する時間が近づいてきて、俺はどうにも緊張してきた。

これまで仕事関係の人と付き合ったことがないので、職場で会ったときにどんな顔をすればいいのかわからない。専務たちに変に思われてはいけないのに、ちゃんといつものように振る舞えるのか自信がない。

俺がそれほど心配していたというのに、昼過ぎに一人で訪れた坂根さんは、まるっきりいつもどおりだった。

俺と目が合っても、自然な笑みを返してくれただけだ。

もしかして、この前のことはなかったことにされているのだろうかと不安になってくるほど、彼の態度は特別なところは何もなかった。

そりゃあ、坂根さんが目で合図を送ってきたらどうしようとか、打ち合わせが終わったときにトイレに連れ込まれてキスされるかもとか、社長の目を盗んでエッチなメモを渡されたりとか、妄想癖をヒートアップさせていた俺にも問題はある。

でも結局その日も坂根さんからは電話もメールもなくて、俺は会えたことの嬉しさよりこのままなかったことにされる不安で、どんどんへこんでしまう。

俺は考えた末に自分からメールすることにした。

『今日は会社でだけど、会えて嬉しかったです』

ぽちぽちと打って、溜め息をつく。でも会社でのことはそれ以上は触れないことにした。

『実は週末、社長に頼まれてローストビーフを焼くことになったのですが、大きめの塊で作るつもりなので、もしよかったらまた差し入れさせてください』

これは本当のことだ。社長が自宅でガーデンパーティを開くときに、俺はときどき頼まれて料理を作る。社長はケータリングを使うより安上がりだし、俺も小遣い稼ぎになるから、お互いにメリットがある。

どきどきしながらメールを送信する。

すぐにメールが返ってくることはないからと、返事を待たずに肉を買いに行くことにした。

生肉の塊を見ると、俺はなぜかテンションが上がる。どうやって料理してやろうと考えるのが楽しいのだ。この日はローストビーフだと決まっていたが、それでもふだん買えない高価な肉の塊を抱えると自然と口元が緩んでくる。

ハーブや香辛料を選んだあとは、俺は無敵な気分になっていた。

きっとこれを食べたら坂根さんもテンションが上がるだろう。会社で冷たくしたのはわざとだよ、ちょっと虐めてみたんだ、なんて云って、またやらしくキスしてくれるかもしれない。

せっかくのローストビーフが後回しになっちゃったら、次の日にローストビーフサンドでも作ろうか。それならお気に入りの天然酵母パンの店のパン・ド・カンパーニョも買っておかなければ！　粒コショウ入りのマスタードも坂根さんちにはなさそうだ。

妄想に煽られて暴走していた俺のケータイの着メロが鳴った。

「あ、メールだ」

どきっとした。それは坂根さんからのメールだった。

『ごめん。今週末は大阪に出張なんだ』

あ、胸がざわざわしてきた。

『帰ってきたらまた連絡します』

それで終わりだった。

「またってなんだよ。またってのは、いつも連絡くれる人が云うことだっての！」

思わず怒鳴った俺を、買い物客がよけていく。

俺は暗い気分になってマスタードを棚に戻しに行った。先走ってパン屋に行かなくてよかった。そもそもあの俺のお気に入りの店は、きっと今ごろ行ってももう売り切れのはずだ。

とぼとぼとアパートに戻ると、玉葱《たまねぎ》を買い忘れていたことに気付いた。

なに、このツイてない感じは？

坂根さんのメールはいつもこれ以上ないほど事務的だ。顔文字なんてもちろん使わないし、ハートマークもキスキスキスもなしだ。いや、俺もそれはないけど。

でもせめて『行けなくてごめんね』とか…。『せっかくのローストビーフ、食べられなくて残念』とか。できれば『週末会えなくて残念』とかさ…。

考えないようにしていたけど、これはもしかしてわざとなのかも。わざと事務的にしてるんだからいいかげん気付けよ、とか思われてるのかも。出張って、つまり他の人と週末を過ごしてるって意味なんだろうか。

いや、他の人と過ごしてるならいい。ちょっと卑屈な感覚かもしれないけど、それでも待っていればそのうち俺の順番も回ってくるだろうから。俺はそれでも良かった。でも一番怖いのはうざがられているかもしれないということ。

こんなことを考えてぐるぐるしていたら、もう少しでローストビーフを焦がすところだった。

「あぶねえ。っていうか、坂根さんのバカ…」

口にしたら泣きそうになってしまう。

肉を社長宅に届けて、その帰りに亮太のアパートに寄った。

ローストビーフをお裾分けすると云ったら、亮太は外出を取りやめて肉の到着を待つことにしたらしい。

亮太はあまり食欲のない俺の分まで平らげて、上機嫌で俺の愚痴に付き合ってくれた。

「なあ、正直なとこ、亮太はどう思う？」

「坂根さんのこと知らないから、それだけじゃなんとも…」

云い淀むなんて亮太らしくない。たぶん俺の分まで食ったので遠慮しているのだろう。亮太は食べ物がからむと意外と義理堅い。いや、食べ物というよりは肉限定か。

「じゃあ、一般的な意見でいいから」

亮太はちらりと俺を見た。

「…あくまでも俺の感想だけど」

「うん？」

「出張は嘘くさいなと。他のヤツと予定があるんじゃないか」

「…俺もそう思う。でもそれはべつにいい」

「いいのか？」

亮太はちょっと驚いたようだった。

「…仕方ないよ」

「久人は二股とかは絶対に嫌だって云ってなかったか？」

「坂根さん限定で、我慢する」

「そんなに好きなんだ」

まじまじと云われて、俺は思わず胸がきゅっとなった。

「…うん」

「そっか」

亮太は溜め息をついて、俺のグラスにどくどくとワインを注いでくれた。

「飲めよ。がんがんいけ」

俺は頷いてワインを呷《あお》った。安いワインらしいけど、けっこう美味しい。

「メールが素っ気ないのって、やっぱりあれかな、もう送ってくんなってこと?」

「そんなことないだろ。そう思ってるなら返信もしないだろ」

「そ、そう?」

俺は亮太の手をぎゅっと握った。

「いてえよ」

「ごめん。けど、ほんとにそう思っていいかな」

「いいんじゃね? 会社で冷たいのも公私のけじめがしっかりついてるってだけかもしれないぞ」

「そ、そうかな」

「メールだって顔文字使ったり妙に馴れ馴れしいのも、考えもんだぞ」

俺よりずっと性格が男っぽい亮太は、顔文字は大嫌いなのだ。

「フリーで仕事してたら、自分の時間と仕事の時間とかの境界って難しいだろうし、平日会うのは厳しいだろ」

「うん、そうだね。俺みたいに暇じゃないから、すぐにメールするのなんて無理だよね」

亮太のおかげで少し元気になってきた。

「けどあんまり坂根さんに気を遣いすぎて、久人もメール遠慮してたら、相手もそれをいいことに連絡くれなくなるぞ」

「え、でも、うざいと思われたくないし…」

そう云った俺を見て、亮太は呆れたように笑った。

「遠慮ばっかりしてたら、相手は久人のこと誤解したままになるぞ」

「え…」

「おまえが甘えたがりで、しょっちゅうメールしたい奴なのは本当なんだから、そういうおまえをわかってもらわないと長続きしないぞ」

亮太の言葉は正しいだけに、ぐさりと突き刺さった。

「でもそれで嫌われちゃったら、元も子もないというか…」

「それは縁がなかったってことで諦めるしか…」

「えー、何それ…」

「二股かもしれなくて、全然自分のこと大事にしてくれなくて、そんな奴のために云いたいことも云わずに相手の気に入るようにって…、なんかちがくない？」

確かに…。確かにそのとおりではある。

「そりゃ久人がそれでも坂根さんと付き合いたいんなら仕方ないけど、そういうの辛いと思うけどなあ。お互いセックスフレンドだって割り切ってる同士ならともかく、久人の方はそうじゃないんだからさあ」

亮太が俺のこと心配してくれてるのがわかるだけに、俺は俯くしかない。

そのとき、俺のケータイが鳴った。

「あ、ごめん。メールだ」

ポケットから取り出して、チェックする。

「え…」

「なに？」

「坂根さんから」

俺は慌ててメールを開けた。

『仕事が早く片付いて、明日には帰れることになったんだけど、ローストビーフはまだ間に合う？』

「え、えええ！」

「なんだ、どうした？」

俺はくるりと振り返ると、亮太の首を締め付けた。

「ぐえぇ、何すんだよ」

「ローストビーフ返せー、吐けー、吐けー」

「苦しい。バカ、離せ、ほんとに吐くぞ！」

亮太は叫ぶと、俺の脇腹に肘をくらわせた。

「ぐ…。入った…」

脇を押さえて倒れ込む俺からケータイを取り上げると、亮太は坂根さんのメールを読んだ。

「なんだ。良かったじゃんか」

「でも、ローストビーフが…」

「また焼けよ。残ったら俺が食ってやる」

にやにや笑う亮太を俺は睨《にら》み付けた。いや、睨むのは筋違いなんだけど。

「べつに肉じゃなくてもいいだろ。ご飯作りに行きますってメールしとけ」

そんなふうに云われると、なんかにやけてきた。

「それでもいいかな」

「いいだろ。それで、ローストビーフの代わりに俺を食ってくださいって云ったら喜んで食ってくれるさ」

「もう、亮太ってばベタすぎ」

「おまえ、ベタなの大好きだろ」

「えへへ」

さっきまでの不安がどこかにいったように、顔がにやけてくるのが止められない。

「ほら、早く返事打てよ」

「うん」

「久人さ、あんま我慢したりとかすんなよ。仮にあっちが遊びのつもりでも、いくらでも本気にさせることはできるんだからな」

「亮太…」

「最初っから諦めるなってことね。まあ、急がずゆっくりやれよ」

「…うん」

亮太の気持ちが俺には本当に嬉しかった。

坂根さんとうまくいかないことになっても、亮太がいれば俺は大丈夫だ。だから、俺にできる範囲でもっと積極的になってみようと思った。


「成末くん、最近なんか艶《つや》っぽくなったみたい？　恋人できた？」

急に社長から云われて俺はぎくりとした。

「社長もそう思いました？」

「あら、茜ちゃんも？」

二人でにやにやして俺を見ている。

「なんか毎日ふわふわしてるのよね、この人。面倒な仕事でも楽しそうにやってるし」

「そういえば、アシスタントのミネちゃんもそんなふうなこと云ってたわ」

うわー、俺ってばバレバレ？

「楽しそうなのはいいんだけど、ときどきぼーっとしてて人の話聞いてなかったりするのはちょっと困るわね」

「…すみません」

自分じゃあんまり自覚なかったけど、やっぱりかなり浮かれていたようだ。

「どうなの？　やっぱり彼氏できたんでしょ。白状しなさいよ」

茜さんに詰め寄られてしまう。

社長や茜さんだけでなく、社内では俺がゲイだということはとっくにバレている。特に隠していたわけではないのだが、誰かに話した覚えもない。なのに何かの拍子でうっかりバレてしまっていた。

バレたときはゲイだなんて引かれるかなと思ったけど、全然そんなことはなく、それどころか何かと応援してくれる。

「はあ、まあ、それらしい相手はできましたけど…」

「それはおめでとう！」

「紹介しなさいよ！」

二人の反応に、俺は苦笑するしかない。

「ねえねえ、どんな人？」

「そんなの聞いてどうするんですか」

「興味あるわ」

「紹介なんてしませんからね」

俺はできるだけ素っ気無く返した。茜さんがちょっとむっとした顔をした。

「どうしてよ」

「ホモの恋人紹介しても仕方ないでしょ」

「何よー、心配してあげてるんじゃない」

「大きなお世話です」

「まあ可愛くない。どうせ不細工なマッチョだから紹介できないんでしょう」

「あら、成末くんはそういうのが好み？」

「好きに云っててください」

俺だって坂根さんを二人に紹介してびっくりさせたかった。あんなにカッコイイ人が自分の彼氏だって自慢したい気持ちは当然ある。だってこんなこと初めてだったんだから。でもそれがバカげているということも、充分わかっていた。

「ねえねえ、彼氏には手料理ご馳走してるんでしょ」

「はあ、まあ」

「ああ、それだけは羨ましいわあ。成末くんの料理は絶品だもんね」

合同コレクションの直前になると、社長や若いデザイナーたちは泊まり込み状態になる。そのときに社長に頼まれて何度か食事を作ったことがあるのだ。

「あんたやっぱりお店開きなさいよ」

「そうよ。うちのブランドから将来カフェをプロデュースするわ。そのときの店長は成末くんと決めてるから」

「それ、専務が却下だって云ってました。うちの会社はそんな余裕ないって」

この会社の経理の実権を握っているのは専務だ。夢と現実の区別がつかないデザイナーたちをシビアに仕切っている。

「さすが専務、しっかりしてるわね」

茜さんの言葉に、社長がつまらなさそうに溜め息をついた。

「ほんと、夢のない男なんだから」

「だからこの会社が潰れずにいるんじゃないですか」

「そんなこと、あんたに云われなくてもわかってるわよ」

社長が云い返す。なんだかんだで、社長と専務はうまくいっているのだ。

「そうでした。どっちにしろ、俺はカフェの店長はやりませんよ」

「なんでよ？」

なんでよと云われても困る。そんな気があるなら最初からカフェに就職してた。俺は料理を仕事にする気は元からない。

「俺、不特定多数の人に料理作るってこと考えたことないから…。友達や会社の人とか、付き合ってる人のために作るのは楽しいけど…」

自分で付き合ってる人と口にして、なんだか赤くなってしまった。

「わー、自分で云って照れてる。ほんと成末くんは可愛いなあ」

揶揄《からか》われてもなんだか嬉しい。こういうのって、悪くないかも。

坂根さんのために料理を作るのは本当に楽しいのだ。坂根さんは何を作っても喜んでくれるし、ときどき食べたいものをリクエストしてくれるのも嬉しい。

「あー、なんか思い出し笑いしてるー」

「もう放っておくしかないか」

二人にすっかり呆れられてしまった。

自分でもあらゆるところが緩みっぱなしのような気がする。

この週末は何を作ろうか。それを考えるだけでも幸せな気分になれた。

最近では二人で一緒に食べる分だけでなく、坂根さんがウィークデーに食べられるようなものも作っておくこともある。特に朝食は自宅でしっかり食べてから出かけてほしかったから、野菜たっぷりのスープを作っておいたり、坂根さんにも好評の玄米のキッシュを焼いて冷凍しておいたりと、我ながらお母さんのようだった。

　好きな人のために工夫して作るのはとっても楽しくて、坂根さんのマンションに通うようになってから、俺の料理の腕がぐっと上がったのは間違いなさそうだ。

　職場ですら指摘されるくらい、俺は毎日がバラ色状態だった。

　週末を坂根さんのマンションで過ごすようになって、俺は好きな人に自分の手料理を食べてもらえる幸せにすっかり酔っていた。

　桜の季節も近づいて、俺は坂根さんとの花見をこっそり計画していた。

　付き合い出してまだそれほど日がたったわけではないが、まだ一度も二人で外デートをしたことがなかったのだ。

　お弁当持って花見デートってのは俺の長年の夢だ。

　近場だと会社の人たちと会う可能性も高いので、少し離れたところにドライヴがてらなんて方がいいかもしれない。

　俺は二輪の免許しか持ってないのだが、坂根さんはツーシーターのヨーロッパ車に乗っている。一つ間違ったら嫌味に見えるほどカッコイイ車なんだけど、これが実によく彼に似合っているのだ。俺は何度か駅まで送ってもらったことがあるが、この車で長距離ドライヴができれば気分はもう最高だろう。

俺は俄然《がぜん》やる気になって、ネットや本屋で花見スポットをチェックしたり、花見弁当のレシピ本を買い込んで、一人で盛り上がっていた。

昼間にもし時間がなければ夜桜もいいかもしれない。ていうか、夜桜って坂根さんに似合う気がする。すごくする。

そうなると今度は夜桜のスポットをチェックだ。

準備万端で、俺はできるだけ何気なく坂根さんに切り出した。

「来週あたり見頃だって。週末はお天気もいいみたいだよ」

「ああ、桜ね。久人もお花見行くの？」

坂根さんはまるで自分には関係がないことのように云う。

「え、まあ、行けたらいいなあって…」

「そっか。羨ましいね」

「え？」

「ここ何年も花見なんて行ってないし」

なんとなく嫌な予感がする。

「…来週、仕事忙しいんだ？」

「いや、仕事どうこうよりも、花粉がさ」

「花粉？」

「そう、花粉症。云ってなかったっけ？」

聞いてないし、全然そんなふうに見えない。社長もひどい花粉症で、この時期はずっとマスクを着けている。しょっちゅう鼻をかんでいて、見ていて気の毒なくらいだ。でも坂根さんがマスクしてるのは、一度も見たことがない。

「今は外の仕事もできるだけ控えるようにしてるくらい。お花見なんて自殺行為だよ」

そこまでひどいことに全然気付かなかった…。

「そんなんでマスクとかしなくても大丈夫なの？」

「今飲んでる薬がけっこうよく効くから、家の中ならマスクはなしでも平気。でも外だと着けてることも多いよ」

外で会うことが殆どないから知らなかった。でもマスクをしている坂根さんってのも、医者みたいでカッコイイかもなんて考えてる俺は、ほんとどうしようもない。

「薬って眠くならない？　うちの社長も花粉症だけど、薬飲むとハンパなく眠いからって薬はなしでがんばってるみたい」

「それは気の毒だね。俺も前に使ってた薬は合わなかったから、いろいろ探してみるといいんじゃないかな。今はあまり眠くならないのも出てるし」

坂根さんには珍しく、情けなさそうな顔をしている。

「大変だね…」

「そうなんだよ。薬飲んでるときはできるだけ車の運転も控えるようにしてるし」

「え、車ダメなの？」

「俺自身はそれほど眠気は感じないんだけどね。でも副作用がまったくないわけじゃないから、基本的には車の運転は控えるようにって云われてる」

ということはドライヴも当分はダメってことになる。

「ごめんねえ。花粉の少ない年ならまだなんとかなるんだけど、今年はちょっとね」

俺はよほどへこんだ顔をしていたのだろう、坂根さんが申し訳なさそうにフォローしてくれて、俺はちょっと慌てた。

「そんな…。それは仕方ないことだから…」

ほんとにそうだ。坂根さんが謝るようなことじゃない。そう思っていたのに、ふと夜桜のことを思い出して、つい口にしてしまった。

「あ、でも夜桜なら…」

確か花粉は夜は飛ばないはずだ。しかし坂根さんは眉を寄せて首を振った。

「昼間に飛んできた花粉がアスファルトの上に残ってるんだよ。夜だからって油断はできない」

坂根さんはマジメな顔で説明してくれた。どうやら俺の計画は丸潰れのようだ。

「ごめんね。花見は行けないけど、紅葉狩りとかなら花粉関係ないから」

俺がへこんでいるのを見て、坂根さんは優しく慰めてくれた。

「まだ先だけど、紅葉ならベタなところで日光とかがいいね。金谷《かなや》ホテルのスイートならきっと久人も気に入ると思うよ」

「え、スイートって…」

「仕事で使ったことあるけど、なかなか久人好みの部屋だと思うよ」

俺好みの部屋って…。思わず赤くなってしまう。

「今から予約しとく?」

それは、秋になってもまだ坂根さんと一緒に居られるってことなんだろうか。俺は計画が潰れたことよりも、そっちにどきどきしてしまった。


そんなことがあった数日後、珍しく勤務中の俺に坂根さんからメールがあって、週末でもないのに部屋に誘われた。

会社帰りに訪ねてみたら、その日届いたばかりの生の桜海老を見せられた。

「これって、由比でとれたやつ?」

「そう、今朝水揚げされたのを冷蔵で送ってもらったんだ。冷凍ものじゃない」

「凄《すご》い。俺初めてだよ」

噂《うわさ》には聞いていたが、まだ生は口にしたことはなかった。

「刺身でこのままが一番いいって。もらったばかりの大吟醸でも開けるか」

「かき揚げも作るよ。生をかき揚げにしたのも格別だってテレビで云ってたし」

確かゴボウはまだ残ってたし、ニンジンもタマネギもあった。坂根さんちの冷蔵庫の中はほぼ把握している。

「坂根さん、先に飲んでていいよ。すぐに作れるから」

「じゃあ俺、メール整理してるから。できたら呼んでよ」

こういうときに坂根さんは先に始めたりはしない。できあがるまでちゃんと待っててくれて、いつも一緒に食べる。それが嬉しい。

かき揚げは上手にさくさくにできた。桜海老は生のまま揚げてみたが、ふだん食べている干した桜海老からは想像もつかないほどの美味しさだった。

刺身も独特の食感で、俺も坂根さんも充分にそれを堪能した。

「花見に行けない代わりに、こっちの桜で我慢して」

「坂根さん…」

ちゃんとフォローしてくれるのが嬉しくて、胸がいっぱいになる。

「明日、仕事あるけど大丈夫?」

揶揄うように云われて、俺は赤くなった。

俺が桜にこだわったのは、確か外デートがしたかったからのはずなんだけど、もうそんなことどう

でもよくなっていた。

坂根さんはスカした顔してエッチはかなり濃い。週末は明け方まで坂根さんのペースで存分にやられまくって、翌日声が嗄《か》れてるなんてことはよくある。

最初に挿入を拒んでいた自分とは思えないほど、坂根さんに開発されてしまってすっかりエロくなってしまった。

もうすっかり骨抜き状態だ。

俺は坂根さんのためならなんでもしたくて、料理だけじゃなくて掃除もするようになった。ハウスキーパーがいるんだからそんなことしなくていいと云ってくれたが、それでも喜んでくれているのが嬉しくて、週末は坂根さんのマンションに入り浸っていた。


『なんかおまえって家政婦みたいじゃね？』

何の話の流れだったのか、亮太がびしりとそう云った。

「え…」

『毎回おまえにメシ作らせてばっかで、外でメシ食ったことないんだろ？』

外デートに憧れているのにまだ一度もそれを果たしたことがないのを、亮太に愚痴ったことは何度かあった。

亮太は恋愛経験は俺よりずっと多いから、相談を兼ねてよく電話をしていた。愚痴も聞いてもらっていたし、もちろん俺が亮太の愚痴を聞くことだってある。電話やケータイに関しては、坂根さんと話すよりも亮太との方がずっと多い。

この日も電話したのは俺からだった。

『おまえ、いいように使われてるんじゃないのか？』

「…そういう云い方ってひどくないか？」

『俺だって云いたくないよ。けど、ハタから見てたらそんなふうに見えるんだって』

「……」

俺はちょっと不安になった。

坂根さんはふだんは殆ど外食なので、家で食べられるときくらいはゆっくりしたいのだろうと思っていた。しかし、もしかしたらそれだけが理由じゃないかもしれない。ふとそんな気がしてきた。

外食はもとより、スーパーに食材を買いに行くのすら一緒に行ったことがない。外で俺と会うのを避けているなんてことは気にしすぎだろうか。

『まさか材料費までおまえが出してるんじゃないだろうな？』

「それは絶対にないよ」

亮太の心配を俺はきっぱりと否定した。

スーパーでの買い物は、俺が立て替えた分を毎回きっちり坂根さんは返してくれるし、珍しい食材なんかはたいてい通販で取り寄せてくれる。

そう、先週だって最高級の前沢牛《まえさわぎゅう》を取り寄せてくれたし、その前は蝦夷《えぞ》バフンウニだった。野菜にしても坂根さんが買ってくるのは契約農家が作っている無農薬野菜なので、けっこう高い。それだけに味も違う。

『ならいいけど』

亮太は意地悪を云ったわけじゃなくて、あくまでも俺のことを心配してくれているのだ。

『それにしても、久人ってよくそんな高級な食材が使えるな。俺だったら失敗して台無しにするのが怖くてビビっちゃうよ』

「俺も一緒だよ。だから結局、前沢牛はまんまステーキにしただけだし、ウニなんてご飯の上にのっけて食べたよ…」

情けない俺の話に、亮太は声をあげて笑ってくれた。

『けど、お金あるのに外食まったくしないのって、やっぱりおまえとの関係を隠したいとか…』

亮太も同じことを考えていたようだ。

「そ、それは俺がブサイクだからか？」

『いやべつに、特に不細工ではないと思うぞ。超美形とまではいかないけど』

亮太はクールに答えた。

「仕事上、坂根さんはゲイだってのがバレると困るとは思う…」

『まあその可能性はあるだろうけど…。おまえ、口止めされてない？』

「口止めって？」

『よくいるだろ？　ゲイだってことを口外しないでってやつだよ』

それはまったく覚えがない。が、もしかして最初に酔ってお持ち帰りされたときにそういう話になっていたような気がしないでもない。何しろ、ケータイの番号を交換したことも覚えてなかったくらいだ。

「…わからないけど、とりあえずこのことは亮太以外には誰にも云ってない」

『まあ、フリーで仕事してる人だから公にしたくないと思ってても仕方ないだろうけど、そういうのとは違う理由でおまえと付き合ってるのを隠してるとしたら…』

「え、別のこと？」

『だから、実はべつに本命が居るとかそういう…』

「……」

『ごめん、俺、変なこと云った！　今のは忘れてくれ』

亮太は慌てて訂正した。

『週末は久人と会ってるんだから、他に本命が居るなんてことはないよな。ほんとごめん。気にしないでくれよ』

「うん…」

亮太は一生懸命云い直してくれたけど、そのとき彼に云われたことは俺の心に小さな染みになって残った。電話を切ってもそのことが頭から離れない。

妄想を始めると止まらないクセのせいで、その小さな染みを自分で滲《にじ》ませて大きくしてしまうのだ。

そう、たとえば、坂根さんが俺と付き合うのはただの口止めのつもりだったんじゃないかとか。だからマンション以外の場所でデートもしてもらえないのかもしれない…。

ほんとは本命は別に居て、俺とは最初からセックスフレンドのつもりということも、考えたくないけど充分考えられる。俺が勘違いしてるだけで、坂根さんはそのあたりは割り切ってる人なのだろうか…。

ただのセフレのつもりだったのが、俺が家事が得意だから、亮太が云ったとおり家政婦としていいように使われているのかもしれない。

なんだかもうよくわからない。

ああ、でもそれでも坂根さんが喜んで食べてくれたらそれでいいかも、とかも思ってしまう。最初は確かにそう思っていたのだし、今でもその気持ちは変わらない。

そう、この際セックスフレンドでも二股でも、それでも坂根さんと一緒に居たい。割り切れるというわけではないが、我慢することはできる。我慢すれば坂根さんとこの先も一緒に居させてもらえるなら、俺はそれでもいいと思ってしまう。

それでも、坂根さんがどういうつもりなのかがわからないのは不安だ。でもそれを彼に尋ねる勇気がないのだ。

俺の頭の中は不安と妄想で、もうぐちゃぐちゃだった。

そして何よりも不安なのは、もしかしたら坂根さんは仕方なく俺に会ってくれているのかもしれない、ということだ。口止めのために、仕方なく……。

それはさすがにショックだった。セックスフレンドでも家政婦でも、とりあえず嫌じゃないから一緒に居てくれるんだと思えたけど、仕方なくというのはあまり考えたくなかった。

でも考えたくないことほど、気になって頭から離れないのだった。

亮太から飲みに誘われたのは、坂根さんが撮影の仕事でスペインに行っているときだった。

この仕事は今までで一番大きな仕事ということで、俺から見てもはっきりとわかるほど力を入れていた。休日返上で企画を詰めて、マンションに戻らない日も続いていた。必然的に俺と会う時間は削られていった。

そのことはその仕事にかかる前から坂根さんから聞かされていたことだし、彼が仕事を優先することは俺にしてみれば当然のことで、連絡できなくても気にしていなかった。

とはいえ、その忙しさは俺の想像をはるかに超えていた。

スペインに行くときも、素っ気ないメールで報《しら》せてくれただけだったし、行ってからも電話もメールもなかった。まあ坂根さんのメールが素っ気ないのは今に始まったことではない。

直接会うとき以外の坂根さんは、クールというか実にドライだ。乾きまくり。その上全然マメじゃない。

俺はそういうのに慣れてきていたので、あまり気にすることはなかったけど、いきなり時間があいて暇になってしまった。

それで久しぶりに亮太を飲みに誘ったら、できたばかりのクラブに連れて行ってくれたのだ。

「平田さんがプレオープンの招待状くれたんだ」

「平田さん？」

「おまえが坂根さんと会ったパーティの主催した人」

「ああ、あの人…」

金持ちそうな人だと、坂根さんが教えてくれた人だ。

「若い子にがんがん配ってくれって、招待状いっぱいくれたんだ」

「亮太、顔広いもんな」

店内はプレオープンのせいか業界人っぽい人が多い。女性もけっこういたが、みんな場慣れしているように見えた。

「あ、噂をすれば、だな。平田さんだ」

亮太は俺を引っ張って、平田さんに挨拶に行った。

「そっちの彼、どこかで会ってない？」

平田さんは俺を見て云った。

「またあ。平田さん、古いよ、そういうの」

「いや、そうじゃなくて…。ほら、先々月のパーティで坂根がお持ち帰りした子じゃないか？　違う？」

さすがに驚いた。彼が俺の顔を覚えているとは思わなかったからだ。

「さすが、平田さんよく覚えてるなあ」

俺の代わりに亮太が答えてくれた。

「やっぱりそうか。あの後ちょっと話題になったから…」

「話題にって…」

俺は思わず聞き返してた。

平田さんはちょっと躊躇したようだったが、軽く肩を竦めて、云った。

「…今までの子とは毛色が違ってたからさ」

ずきりとした。

そうか、坂根さんのお持ち帰りはよくあることなんだ。

思い返してみれば俺のときだってムチャクチャ慣れてる風だったではないか。わかってたことなのに考えないようにしてたんだ。そんな今更なことで傷ついてるなんて、バカみたいだ。

「今までの子ってどういうタイプ？」

亮太がいきなり核心をつく。こういうところ、亮太は容赦ない。とはいえ確かに俺もそれは気になった。でも答えを聞くのが怖くもあった。

平田さんはちらと俺を見て、ちょっと遠慮がちに答えた。

「うーん、男の子の場合は可愛いタイプというか、美少年タイプというか…」

俺は再びショックを受けた。可愛いタイプ…、そういえば坂根さんが自分で云ってた。美少年タイプって、やっぱり亮太みたいな方が好きだったんだ…。

「まずいこと云ったかな？」

「あ、いえ…」

「あいつさ、ああ見えて相当なSだからさ。ぼろぼろにされちゃうよ」

「え…」

ぼろぼろって…。

「坂根は他人のものにちょっかいかけるのが好きでさ、昔はよくそれで揉《も》め事起こしてたよ」

「…坂根さんってそんな人？」

聞いたのは亮太だ。俺はもうそんな余裕はなかった。

「あのルックスだから男も女も食いまくりだよ。食っちゃ捨て、食っちゃ捨てって感じでやりたい放題だったよ」

「え、女も…」

俺の洩らした言葉に、平田さんは小さく苦笑した。

「知らなかった?」

「まさかバツイチとか、子供居たりとか…」

亮太が怖いことを質問したので、俺は顔が引きつった。

「いや、それはないだろ。結婚とかは自分の人生には有り得ないって云ってたし。そもそもバイと云ってもゲイ寄りのバイだから、男の方がいいらしい」

平田さんの口から出る坂根さんの話は、俺の知らないことばかりだ。

「あ、けど昔の話だから。今はずいぶんとまともになったんじゃないかな」

「まとも、ですか?」

「現に今きみと付き合ってるんだろ?　充分まともだよ、昔の坂根と比べれば」

俺は否定も肯定もできなかった。本当に俺は坂根さんと付き合ってることになるんだろうか。

「独立してフリーになってからは、あんまりムチャなことしなくなったみたいだな。独立したころに付き合ってた相手とは、二年近く続いたみたいだし」

「二年…」

「俺はてっきりまだ続いてるんだと思ってたけど」

平田さんはまた俺をへこませてくれた。この人もしかしてわざとじゃないのか、と云う気すらする。

「まあ、あいつと付き合うなら過去のことは気にしないことだよ。何かあったら相談にのるよ?」

そう云って名刺をくれた。そして挨拶があるからと、僕をへこませたまま行ってしまった。

「なんだ、あれ? もしかして久人に気があるんじゃないの」

「何云ってんだよ」

「坂根さんの悪口吹き込んで、久人の気を引いてるように見えるぞ」

というよりは、平田さんは坂根さんにのぼせ上がってる俺に呆れてるんだろう。

「…なんかさ、俺が知ってる坂根さんとは全然違う人の話みたいだ。そりゃもてるだろうなとは思ってたけど…」

「久人…」

「平田さんが云ってたような人なら、二股くらい平気でかけてそうだな」

「けど、それは過去の話って云ってたぞ」

「やっぱり俺、遊ばれてるだけなのかもしれない」

俺は何だか泣きそうになった。

「平田さんの云うこと鵜呑《うの》みにすんなよ」

「……」

「おまえ、こんなことで動揺しすぎ！」

「けどさ、俺、坂根さんに好きとか云われたことないし」

「え…」

亮太の表情がちょっと変わった。

「可愛いってのはよく云ってくれるんだけど、好きってのはないんだ」

「…久人は云った？」

俺はゆっくりと首を横に振った。

「シカトされるのが怖くて云ってない」

自分で云って思わず苦笑してしまう。

「そっか…」

「なんかね、そういうの云えるような雰囲気じゃないんだ。すごい優しいし、甘えさせてもくれるんだけど、好きとか愛してるとか、そういうのは違うからねって云われてる気がするときがあるよ」

とうとう云ってしまった。それを云ってしまうと、見ないふりをしていた不安がかき立てられて、胸が苦しくなる。

優しく微笑みながら、最後の最後に俺が一番ほしがってるものは絶対にくれない。それでもいいと思っていたけど、やっぱり辛い。

「二股でも遊びでもいいって自分で云っておいて、今更だよね」

俺は自嘲するしかない。

「でも、坂根さんが遊びだからって云ったわけでもないんだろ？」

「そうだけど、でも暗黙の了解って向こうは思ってるかも…」

亮太が眉を寄せて、溜め息をついた。

「久人、そういうのってやっぱりはっきりさせた方がいいと思うぞ。相手がどういうつもりで付き合ってるのか、ちゃんと聞いておくべきじゃないのか」

「…うん」

そう答えたものの、俺にそれが聞けないだろうことは亮太もわかっているんだろう。

俺は坂根さんに遊びだと云われても今の状態を続けていたかったけど、聞くことで何かが変わるかもしれないのが怖いのだ。

「とりあえず本人に聞くまでは、マイナスのことを考えるのはやめろよ。なんでもすぐに悪い方に考えるのは久人の悪いクセだぞ」

確かに亮太の云うとおりだ。

それでも俺は気にしないではいられなかった。

坂根さんが帰国しても、会う時間は殆どなかった。

よほど忙しいのか、電話ですらゆっくり話せない。寝る時間もままならないらしい。

今の仕事が終わったら必ず埋め合わせをするからと何度も云ってくれたが、今の俺にはそれが言い訳に聞こえてしまう。

仕事を言い訳にして、もしかしたらフェイドアウトしていくつもりかもしれない。

この「もしかしたら」は曲者《くせもの》だ。イフを考え始めると、止まらない。

もしかしたら、もう新しい相手がいるのかもしれない。

もしかしたら、もう俺と会いたくなんかないのかもしれない。

もしかしたら、元から口止めだけのつもりだったのかもしれない。

もしかしたら…、もしかしたら…。

俺はこの手の泥沼にハマると、抜け出ることができなくなる。考えても仕方ないことをひたすら妄想して、堂堂巡りに陥る。

会いたいのに会いたいと云えない。嫌われるのが怖くて、俺は云いたいことも云えないでいた。

もう三週間近く顔も見ていない。何もしなくても顔を見るだけでもいいのに…。

坂根さんと付き合いだして三か月目で、今が一番ラブラブなときのはずだ。なのに俺は一人でぐるぐるしているばかりだ。

マンションを訪ねたいが、今行ったらきっと迷惑がられる。

そんなふうに俺がぐだぐだやっている間に、坂根さんはまたヨーロッパに行ってしまった。今度はフランスらしい。

俺はいったい彼のなんなのだろう。

そんなヤバい考えにハマりこんだときに、亮太から電話があった。

坂根さんのことで耳に入れたいことがあると亮太が云うので、休みの日に俺の部屋で話を聞くことにした。

「あれから気になってちょっと調べてみたんだ。よけいなことかもしれないけど…」

亮太の切り出し方を見ても、いい話ではなさそうだ。

「もし聞きたくないなら…」

「聞きたい。教えてよ」

強張《こわば》った表情の俺に、亮太は頷いた。

「平田さんの関係で知り合った人に坂根さんの話題振ってみたら、いろいろ教えてくれたよ。坂根さん、けっこう有名人みたいだな」

「……」

「平田さんが云ってたのと似たようなこと云ってたし」

「やっぱりそうなんだ…」

「今は大人しくなったってのも云ってたよ」

亮太のフォローに、俺は苦笑を返す。

「それで、坂根さんが二年間付き合ってたって人の写真、借りてきた」

「すご。おまえ、探偵になれるな」

俺はとりあえず茶化してみせた。今度は亮太が苦笑を返す。

俺は覚悟を決めて写真を見た。

瞬間、言葉が出なかった。

「フランス人とのハーフだって。俺もこんな美形、今まで見たことないよ」

ゴージャスというか、なんだかキラキラしているように見える。こんなに綺麗な人が恋人だったというだけで、坂根さんが遠い人に思えてきた。俺だったら目の前に居ても話しかける勇気はない。亮太も俺と同じことを考えていたようだ。

「こんな超美形と二年も付き合ってたんだから、それだけで坂根さんってタダ者じゃないと思うよ、俺なんか」

「…俺もそう思う」

負け惜しみでもなんでもなくそう思った。

「坂根さんが振られたのかな」

なんとなくそう思った。亮太はちらと俺を見て、小さく頷いた。

「…そうらしい」

「やっぱり」

「相手はフランスに帰っちゃったらしい」

「え…」

「それで別れることになったみたいだぞ」

俺は慌てて亮太を見た。

「…坂根さん、今フランス行ってる…」

「え？」

「仕事だって云ってたけど…」

まさか、この写真の彼に会いに行ってたんじゃないだろうか。

渡仏の目的が仕事だとしても、会おうと思えば会う時間くらいはあるだろう。

もし会ってしまったら…。こんな綺麗な人ともう一度会ってしまったら、絶対にやり直したいと思うものじゃないか。

俺がそこらに転がってる石なら、こっちの彼は間違いなく宝石だ。

坂根さんが石を拾って宝石を無視するなんて到底思えない。宝石をとったとしても、俺はとてもそれを責める気にはなれない。

それでも哀しくて胸が詰まった。

「そんな、フランスったって広いんだから」

「会ってる気がする」

「久人、そうやって思い込むな」

俺は頭を振った。

俺の頭の中の映像には、坂根さんが滞在するパリのホテルにこの綺麗な人が訪ねてくる様子が、はっきりと映し出されているのだ。

「久人、電話しろ。今すぐ坂根さんに電話するんだ」

亮太が慌てたように云う。

「え、でもケータイ通じないし」

「あっちで通じるやつレンタルしたりしてないのか?」

「知らない。聞いてないし」

云いながら泣きそうだ。そう、俺は何も知らない。

「パリのホテルの番号わかってるんだろ?」

「俺、フランス語喋れないもん」

「英語で通じるだろ」

「英語だって、電話でなんか無理だよ。それに時差考えたら、こんな時間にかけたら迷惑だって」

俺は完全に及び腰になっていた。

「…坂根さん、いつ帰ってくるって?」

「確か、三日後…」

「そっか」

「やっぱり俺、振られるのかな」

「振られてもないのに、そんなこと考えるのやめろよ」

亮太の云うとおりなのだが、悪いことを考え始めると止まらなくなってくる。

「誰でもよかったのかも。べつに俺じゃなくてもよかったんじゃないかな」

「久人…」

「俺、便利に使われてただけかもな」

へこみまくる俺を見て、亮太はすっくと立ち上がった。

「久人、飲もう！」

勝手に冷蔵庫からビールをとってきて、俺に押し付ける。

「こういうときは飲むしかないって」

まだ日は高かったが、確かに亮太の云うように飲まずにはおれない気分だった。

ビールがなくなると、亮太と二人でコンビニまで買い出しに行って、更に飲んだ。

そして俺は酔い潰れて寝てしまっていた。


インターホンの音に起こされて、ぼんやりした頭で周囲を見回すが亮太がいない。

「あ？　亮太？」

俺はてっきり買い出しに行った亮太が戻ってきたのだと思い込んだ。

それで玄関のドアを開けると、俺は顔も見ずに抱きついた。

「おかえりー。どこ行ってたんだよ。一人にすんなよー」

甘えるように鼻先を胸にくっつけた。

亮太は慰めるためか、俺をそっと抱き寄せてくれた。亮太にしては珍しく優しい。俺はすっかり甘えモードに入ってしまった。

「俺、もう坂根さんのこと諦めることにする。亮太だけでいい。おまえが居てくれるなら、もう坂根さんのことは忘れるから…」

口に出して泣きそうになった。

ふと、何か違和感のようなものを感じた。

「…そういうことか」

その声は亮太ではない。俺は慌てて顔を上げて、そのまま固まってしまった。

なぜここに坂根さんが？

坂根さんは溜め息をついて俺から離れた。

呆れたように俺を見る。その目にはいつもの優しい笑みはなく、抑えた怒りだけが感じられた。

俺の背筋に冷たい汗が流れる。

「やっぱり、亮太くんとはそういう関係だったのか」

なぜ今ここに坂根さんが居るのかわからない。これはいったいどういう状況なんだろうか。彼は今はまだパリに居るはずではないのか？

「…俺としたことが、二股かけられてるのにも気付かなかったとは」

聞いたことがないほど冷たい声で彼は云い放った。

「しかも本命はあっちかよ。バカにされたもんだな」

吐き捨てるように云った。

俺は縮み上がってしまって声が出せない。

「ち、ちが…」

必死の思いで出した声は嗄れていて、次の言葉が出てこない。

「何が違うんだ？　おまえが今自分で別れるって云ったんじゃないか」

待って。そうじゃない、ちゃんと俺の話を聞いて…。そう云おうとしたのに、喉が張り付いてしまって言葉が出せない。

坂根さんはそんな俺を見て、眉を寄せた。

「言い訳もできないみたいだな」

そう云うと、蔑《さげす》むように俺を見た。

「こっちから別れてやるよ。ていうか、べつに俺ら付き合ってたわけじゃないけどな。ただのヤリ友だろ」

その言葉に、俺は凍りついた。

ただのヤリ友…、やっぱりそう思われていたんだ。

「なのに何を勘違いしてか、女房気取りで正直うざいと思ってたとこだよ」

そう云ってバカにしたように笑った坂根さんの表情は、震えるほど冷たい。坂根さんの容赦のない言葉は俺をずたずたにしていた。

でも俺はその冷たさが恐ろしくて、何も云い返せなかった。

乱暴にドアが閉まって坂根さんが出て行くのを、バカみたいに見ているだけだった。

これは夢なのだ、と思い込もうとした。だいたい今ここに坂根さんが居るわけがない。こんな悪夢を見るなんて、どうかしてる。

そのとき猛烈な吐き気が込み上げてきて、トイレにかけ込んだ。

吐けるだけ吐いて、バスルームで水を頭から被る。

その冷たさが俺を現実に引き戻す。

大声で泣きたかった。

何もかも、自分の手で壊したのだ。

バスルームで号泣しているとインターホンが鳴ったので、俺はもしかして坂根さんが戻ってきてくれたのかと思って、裸のまま飛び出した。

「亮太…」

「おまえ、せめて隠せよ…。宅配便の人とかだったらどうする」

亮太は呆れたように眉を顰《ひそ》めると、持っていた袋を俺に押し付けた。

「ほら、買ってきたぞ」

「…なに？」

「おまえがタコ焼き食いたい食いたいって云うから、買ってきてやったんじゃないか」

俺はがくりと膝をついた。

「おまえ、酔うとタコ焼き欲しがるだろ」

全然覚えてない。

「びしょ濡れで何やってんだ。風邪ひくぞ」

亮太は俺がまだ酔っていると思っているらしい。俺はバスルームに戻るとシャワーを止めた。そしてバスタオルで髪を拭いて、とりあえず服を着た。

バスルームから出てくると、亮太は先にタコ焼きを食べていた。

「さっき、坂根さんが来た…」

「はあ？　何寝惚《ねぼ》けたこと云ってんだよ。おまえ、昨日俺に、坂根さんは三日後に帰ってくるって云ってたぞ」

そういえばそうだ。帰国予定は今日ではない。これが夢ならどんなにいいだろう。

いくら酔っていても、さっきのことが現実だということくらい、俺にはちゃんとわかっていた。

「…それがさっき来たんだよ。たぶん予定が変わったんだろう」

「何かあったのか？」

亮太はようやっと俺の様子がおかしいことに気付いた。そして心配そうな顔で俺を覗き込む。

「俺、坂根さんと亮太を間違えて…、それで抱きついて、坂根さんとは別れるって…」

云いながらまた涙が出てきた。

「はあ？　おまえ、わけわかんねえよ」

俺は乱暴に涙をこすって、さっきのことを亮太に話した。

「…それってただの誤解だろ？　ちゃんとそう説明すればいいじゃないか」

「でも坂根さんは、ただのヤリ友だってはっきり云ったんだよ。やっぱり口止めの意味で付き合ってくれてただけなんだ」

口にするとまた泣きそうになる。

「けど、口止めで付き合ってるだけの奴のアパートに、帰国してすぐに訪ねてくるか？」

確かにそうだと思ったが、ふとあることに気付いた。

「…和食食べたかったのかも」

「はあ？」

「亮太が前に云ったじゃないか。俺って家政婦みたいだって。坂根さんも女房気取りでうざいって云ってたし…」

思い出すとまた泣きそうになる。

「それって最低じゃん。ほんとに坂根さんがそんなひどい奴なら、別れちまえよ」

俺は黙って首を振った。

わからない。坂根さんがどんな人なのか、俺にはもうわからない。

そんな俺を見て、亮太は溜め息をついた。

「坂根さんがおまえのことをいいように利用してるだけの男だったら、このまま別れて正解だと俺は思うぞ。けど万が一、二股かけられた腹いせにヤリ友だって云ったんだとしたらどうする？」

俺はごくりと唾を飲み込んだ。

「そんなこと…」

「ないとは限らないぞ」

亮太はいつも前向きだ。俺はそんな彼から目を逸らせた。

「しつこくして、これ以上嫌われるのは…」

「もう嫌われてるんだって」

「亮太は知らないんだ。坂根さんが怒ったらどんなに怖いか」

「…殴るのか？」

俺はぶんぶんと首を振った。

「暴力の方がまだマシだよ。あんな冷たい目で見られて、言い訳なんてできっこない。こっちまで凍りつくかと思った」

「それで諦めちゃうわけか。久人らしいな。これ以上傷付きたくない？」

亮太は責めるような口調だった。

「…好きな人にこれ以上うざいって思われたくない」

「じゃあ勝手にしろよ」

呆れたように云うと、立ち上がった。

「けど、俺はそんな後ろ向きな奴を慰めたりすんの、ごめんだから」

「亮太…」

「自分から何もしないつもりなら、これ以上おまえのこと慰めたりしない。勝手に自分のこと可哀相がって、一人で泣いてりゃいいんじゃないの？」

俺は何も云い返せなかった。

「おまえ、考えてみろよ。坂根さんがおまえのこと本当に好きで、俺とのことを誤解しちゃってるとしたら、坂根さんも傷付いてるんだぞ。それでいいわけ？」

「あ…」

目から鱗《うろこ》だった。

「久人ってさ、いっつも自分からは何もしないのな。相手からくるのを待ってるだけ。おまえ、自分のこともてないって云ってるけど、恋人できないのはもてないからじゃないよ。自分から何もしないからだろ」

亮太の言葉は容赦ない。

「本当に好きなら、縋り付いてでも引き留めろよ。そういうことをカッコ悪いとでも思ってるんじゃないの？　久人は絶対そういうことしないもんな。けど俺に云わせれば何もしないで諦めちゃうおまえが、一番カッコ悪いよ」

そのとおりだ。俺はただの意気地なしなのだ。傷付くのが怖くてカッコつけてるだけなのだ。わかっていたけど、はっきりと云われると堪えた。

「おまえが当たって砕けたときには、坂根のバカヤローって一緒に泣いてやるよ。けど、このまま引き下がるつもりなら、悪いけど暫く俺にも電話してこないでよ」

亮太はそう云い置いて部屋を出て行った。

俺は暫く呆然としていた。

恋人だと思ってた人間と親友だと思ってた人間を、同時に失ってしまったのだ。

俺は自分が情けなくて、情けなくて、泣きそうになるのを必死で我慢した。

俺としては一大決心をして、坂根さんのマンションを訪ねた。

電話やメールではダメだと思ったので、追い返されるのを覚悟で直接会うことを選んだ。それは俺にとっては大変な決断だった。

心臓が飛び出しそうなほど緊張して、玄関でインターホンを鳴らす。暫くたって反応があった。

『…はい』

彼には俺の姿が見えているはずだ。俺は震える声で名乗った。

「成末ですけど」

『…悪いけど帰ってくれ』

冷たい声だった。

そして俺が何か云う前に、プツっと小さい音がしてインターホンが切れた。もちろん玄関のロックは解除されないままだ。

いつも当たり前に開いていたドアが、こんなに遠く重い。

簡単に会ってもらえるとは思ってなかったが、実際に拒絶に遭うと強い絶望感に打ちのめされた。

すぐに帰ることもできずに暫くぼんやりとマンションの前に佇《たたず》んでいた。その間に出入りする何人かの住人に胡散臭《うさんくさ》そうに見られた。さすがにずっとこうしていると坂根さんに迷惑がかかるかもしれない。俺は仕方なくすごすごと引き返した。

試しにケータイにかけてみたが、予想したとおり着信拒否にされているようだった。

言い訳するにも話すらできない。

俺は坂根さんが仕事でうちの会社に来る日を待つしかなかった。


しかしそのときがきて、俺は更に落ち込むことになった。

坂根さんはいつもと変わらない様子で社長と話をしていたが、俺のことをまったく見ようとはしなかった。

しかしそれは露骨な拒絶ではなかったので、誰も気付かなかったはずだ。ただ、俺にだけわかるきっぱりとした拒絶だった。

まるで視界に入っていないかのように扱われた。こんなに近い距離なのに、坂根さんの視界に俺は存在していないようだった。

穏やかに、何もなかったかのような、完璧な無視。

それは俺には堪えた。

今までも失恋はしたことはあるけど、落ち込んで食欲までなくなるなんてことは初めてだった。

料理を作る気になんて到底なれない。お昼にコンビニ弁当を食べているところを茜さんに見られて、驚かれた。

亮太以外に愚痴を聞いてくれる相手もなく、俺はストレスを抱え込んでいた。

食欲がない上にあまり寝られなくて、仕事をなんとかこなすだけで精一杯の状態だった。

それでも、俺はまだ諦め切れなかった。

やっぱりもう一度話をしないといけないと思ったのだ。

しかしマンションに行っても追い返されるし、電話も着信拒否となると、他にどうすればいいのだろうか。

坂根さんのオフィスを訪ねるにしても、アポがなければ門前払いだろう。その前に彼は毎日オフィスに顔を出しているわけではない。クライアントとの打ち合わせやら、ロケやら、いつも決まった場所には居ない。

それに何より、仕事場まで出かけて行くことは間違いなく彼の逆鱗に触れそうだ。取り返しのつかないことになりそうで、俺としてもそれだけは避けたかった。

となると、できることといえばマンション前で待ち伏せすることくらいだ。

まるでストーカーだ。自分でもそう思ったけど、他に方法が思い付かない。

でもこのまま時間がたって忘れられていくことだけは嫌だった。ストーカーになりたくはなかったけど、今の俺にはそれが似合いの姿なのかもしれない。

開き直って、仕事帰りに坂根さんのマンションを訪ねることにした。

あまり何時間も粘っていると不審者だと思われて通報されそうなので、適当なところで引き上げざるを得ない。そのせいか一週間通っても一度も会えない日が続いていた。

最初は緊張していたのだが、そのうち待つのにも慣れてきた。

「今日の夕食何にするかなあ…」

この時期なら鮎《あゆ》の塩焼きなんかがいいなあとぼんやりと考える。

坂根さんは魚好きなので、旬の鮎なんて絶対に喜んでくれそうだ。小ぶりの天然鮎を焼いて、頭からまるかぶりだ。想像しただけで唾が出てくる。

鮎ご飯なんてのもいいなあ。坂根さんちにはどこかでもらったらしい土鍋もあった。

坂根さんのことだから、きっと天然鮎のいいやつを用意してくれるだろう。稚鮎だって知り合いをあたって取り寄せてくれるに違いない。

坂根さんは旬のものに敏感で、筍《たけのこ》のシーズンには朝掘りの筍をロケ先で買ってきてくれた。

筍と蕗《ふき》を具にしたちらし寿司は坂根さんにも好評で、あまりに喜んでくれたのでもう一度作ったこともあった。

あのときは本当に楽しかった。坂根さんはいつも優しくしてくれた。

二股であろうがなんであろうが、あの優しさに嘘はなかった。

そういえば、いつも俺が作ってばかりだから今度は自分が作るよと坂根さんが云っていたことも思い出した。

「七月になると路地物のトマトを送ってもらうんだ。これがとびきりおいしくてね。それが届いたらカプレーゼをご馳走するよ」

「カプレーゼって、トマトの上にモッツァレラチーズ載せてオリーブオイルかけるだけじゃない」

それって料理かな、と思った俺に坂根さんは悪戯《いたずら》っぽい笑みを見せた。

「その上にバジルも載せるよ」

笑顔につられて俺も笑ってしまう。

「それじゃあ、トマトはちゃんと湯剝《ゆむ》きしないとね」

「湯剝き？」

「熱湯にくぐらせて皮剝くんだよ。俺も手伝うよ」

「やり方教えてくれたら俺がやる。そのときは久人はソファでゆっくり待ってたらいいんだよ」

そう云って、坂根さんはあつーいキスをしてくれた。

「チーズもトマトも特別だから、料理人の腕が悪くても絶対に失敗はなし」

だからそれって料理って云うのかな、という疑問は口には出さなかった。そのときの俺はこの上なく幸せだったから。

「イタリアンのお店を持ってる友達が、ナポリ直輸入のモッツァレラを分けてくれるんだ。ついでにバジルもね」

坂根さんはもう一度キスをして、俺に約束してくれた。

あんな幸福な時間はもう来ないんだろうか。

あんなに優しくしてもらっておいて、平田さんの云ったことで勝手に不安になって亮太に愚痴ったりしたから罰が当たったのだ。

坂根さんと過ごす時間に、何ひとつ不満なんてなかったのに。

またしても落ち込みかけた、そのときだった。

マンションの前にタクシーが停まった。俺が立っているところからは少し離れていたが、坂根さんが降りるのがはっきりとわかった。

声をかけなければ…そう思ったときに、タクシーを降りるもう一人の姿を見て、俺の身体は硬直した。

坂根さんに続いて車を降りたのは、あの写真の超美形のハーフだった。

俺は声をかけることができなかった。二人があまりにもお似合いだったからだ。

二人で坂根さんの部屋に入っていくというのは、縒《よ》りを戻したってことなんだろうか。というより、もしかしたら二人は別れたわけではなかったのかもしれない。俺は最初から、ただの繋ぎだったんじゃないのか。いいように利用されていただけのような気がする。

坂根さんがあのとき俺に怒ったのは、ただの繋ぎの俺に二股をかけられたことでプライドが傷付けられたせいだったんだ。亮太が云うように、俺が好きだからではなかったのだ。

それってあまりに勝手すぎないか？　さすがの俺も頭にきた。

自分は前の彼氏と二股かけておいて、他人がそうするのは許せないというわけか。しかも俺は二股なんかかけてないってのに。

俺は猛烈に頭にきた。ここまでコケにされて、それでもいいなんて思うわけない。

ちょうど帰ってくる住人がいたので、急いでその人の後に続いてオートロックの玄関を突破した。

エレベーターに乗り込むと、迷わず最上階のボタンを押した。

俺は完全にスイッチの入った状態だった。

一言云わないと気が収まらない。

坂根さんの部屋の前まできて、俺は思い切ってインターホンを押した。

『…はい？』

不審そうな声がした。エントランスのインターホンではなく、直接部屋を訪ねたので警戒しているのだろう。

「成末だ。あんたに話がある」

大袈裟《おおげさ》な溜め息が聞こえたが、今更そんなことでは俺は怯《ひる》まなかった。

『…きみか。もう会うつもりはないって云ったろ？』

「うるせえ！　さっさと開けろ！」

思わず怒鳴ってしまった。

『…酔ってるのか？』

坂根さんがそう思うのも無理はない。

「酔ってない。いいから開けろ」

『帰れよ。そこで喚《わめ》くつもりなら警察呼ぶぞ』

いきなり警察と云われてカチンときた。

「呼べばいいだろ。けど、その前にあんたには俺の話を聞く責任があるはずだ」

『責任？　きみがこんなにタチの悪い奴だとは思わなかったな。もうちょっとまともだと思ってたんだが…』

「ごちゃごちゃ煩いな。逃げてないで出て来いよ！」

スイッチが入っていたので、そのときの俺には怖いものはなかった。

暫くして、ドアが開いた。

「えらく威勢がいいな」

坂根さんの不機嫌そうな顔を見た瞬間、さっきまでの勢いはどこへやら、俺はすっかり怯んで逃げ出したい気持ちになったが、それを必死で抑え込んだ。

「そこまで云うなら話を聞こうか。玄関で喚かれちゃ近所迷惑だ。入れよ」

云われるままに中に入ると、リビングのソファに美形の彼が座っていた。

改めて近くで見ると写真よりずっと綺麗で、俺は自分の無謀さを思い知った。こんな人と縒りを戻してしまった坂根さんに、いったい何を云おうとしているんだろうか。もう帰った方がいい、そんな気持ちになっていた。

その美形の彼は俺を見て腰を浮かせた。

「席、外そうか？」

「いや、いい。すぐに終わるから」

坂根さんは面倒そうに云って、彼の隣に座る。

敗北感ですっかり勇気も萎《な》えかけていた俺だったが、そんな二人を見てさっきの強い怒りが再び込み上げてきた。

「俺が何も知らないと思って…」

俺はキっと顔を上げた。

「知ってるんだからな、あんたらが付き合ってたこと」

「それがどうした」

坂根さんは呆れたように返す。俺はくじけそうになる気持ちを必死で鼓舞した。

「…あんたは元からその人と縒りを戻すつもりだったんだろ。それで出張とか云って、フランスまで追いかけて行って」

「はあ？」

「俺のことなんて、最初から繋ぎのつもりだったくせに。ただのセフレとか云って、ご飯まで作らせて、いいように利用して…」

「きみが勝手に作ったんじゃないか」

俺はその言葉に泣きそうになった。でも坂根さんの前で泣いたりなんかしたくなかったから、ぎゅっと唇を噛んで堪えた。

「それはあんたが喜んでくれたから！　坂根さんに喜んでほしくて…。なのにあんたは、ただのヤリ友だって」

ああ、もうダメだ。どうしても涙が止められない。

「わかってたよ！　坂根さんが俺と本気で付き合ってくれてるわけないってことくらい。でもあんなふうに優しくされたら、誰だって勘違いするよ。優しくしてもらって、少しでも喜んでもらいたくてご飯作ったのに、まるで女房気取りだとか云われて…」

「祐司、そんなひどいこと云ったんだ？」

美形の彼が口を挟む。

「…悠《はるか》は黙ってろよ」

坂根さんが小さい声でたしなめる。

俺は鼻をすすりながら、しゃくりあげた。

「そりゃ、そんな綺麗な人と縒りを戻すこと考えてるなら、俺なんて遊びの数にも入ってなかったんだろうけど。俺はバカだからそんなことにも気付かずに…。ただの口止めの代償として付き合ってくれてることくらい…」

「ちょっと待てよ。それじゃまるで俺が二股かけてるみたいじゃないか。自分のこと棚に上げて…」

「俺は二股なんかかけない！」

きっぱりと強い口調で云った。それだけは絶対に云っておきたかった。

「坂根さん以外の誰かと付き合うなんて、考えたこともないよ」

俺は指先が震えたが、それでも正面から坂根さんを見た。

「俺は二股かけられたことはあっても、かけたことなんて一度もない」

もはやヤケクソだ。

「坂根さんのことはずっと憧れてて、誘ってもらえるなんて夢みたいで、俺はずっと浮かれてた。こんなハッピーなこと、今まで一度もなかったからね！」

怒鳴る俺に、坂根さんの眉がすっと寄った。

「…けど、きみが自分の口で俺に云ったんだよ。俺と別れたいって」

「あれは！　…坂根さんとのことで落ち込んでるときに、亮太に愚痴聞いてもらってたときについ云っただけで…」

俺は坂根さんが悠と呼んだ彼をちらと見た。

どうしてこの人の前でこんな無様な自分を見せなきゃならないんだろう。自分がすごく惨めに思えて、帰りたくなった。

「…もういいです。お邪魔してすみませんでした」

俺は頭を下げた。

誤解が解けたかどうかはわからないけど、とにかく二股かけてないことをちゃんと云えたからもういいと思った。

亮太だって、ここまでがんばった俺を責めたりはしないだろう。

泣きそうな気持ちで玄関に向かう俺を、坂根さんが追いかけた。

「ちょっと待てよ」

しっかりと腕を摑まれた。

「自分の云いたいことだけ云って帰るつもりか?」

「…離してください」

「ずいぶんと自分勝手だな」

俺は唇を噛んで坂根さんの腕を振り払った。

「どうせ自分勝手ですよ。坂根さんはそのハルカさんとやらと仲良くやればいいじゃないか。俺、これ以上無様なとこ、あんたの恋人に見られたくない!」

泣かないつもりだったが、みっともないくらい泣いていた。

「もう、放っておいてよ!」

そう云った次の瞬間、強い力で引き寄せられる。そして涙でぐしょぐしょの目の下に、あやすようなキスをされた。

「落ち着け」

「……」

坂根さんは小さい声で云った。そして俺を抱いたまま、リビングに居る悠さんに声をかけた。

「悪かったよ」

「悠、悪いけど今日は…」

「ああ、いいよ、いいよ。僕もそろそろお邪魔だなあと思ってたとこ」

悠さんは俺の横をすり抜けて、玄関で靴を履いている。

「悠、明日の午前中に時間とるよ」

「急ぎじゃないからいつでもいいよ」

「…悪いな」

「一つ貸しにしとくから」

悠さんの言葉に、坂根さんは苦笑しながら頷いた。

俺は坂根さんに抱かれたまま、口を開けて二人のやりとりを見ていた。

「…これでいい?」

「え…」

「きみが云うから、悠に帰ってもらったんだからな」

坂根さんはそう云ってリビングに戻る。

「この際だから俺も聞きたいんだけど、さっき云った俺のことで落ち込んでたって、どういうこと？」

坂根さんに促されて俺もソファに座った。

「…坂根さん、マンションの部屋以外で俺と会ってくれないし。俺とのこと隠しておきたいみたいだし…。そんなときに悠さんのこと教えられて、へこんでたんだ」

ぼそぼそと小さい声になる。

「誰から聞いた？」

「…平田さん」

「平田って…。あいつに会ったのか？」

坂根さんの目がちょっと怖くなった。

「…坂根さんがヨーロッパ行ってたときに、亮太が飲みに誘ってくれて…」

「あいつ、なんて云ってた？」

「坂根さんは、以前は二股三股は当たり前の奴だって」

「あの野郎」

坂根さんは舌打ちした。そういう彼をあまり見たことがなかったので、ちょっと意外だった。

「その話聞いたときは坂根さんがフランス行ったときだったから、もしかして仕事にかこつけて元彼を追いかけて行ったんじゃないかとか…」

「なんでそうなる。だいたい悠が住んでるのはフランスじゃなくて横浜だぞ」

「え…」

「しかも、あいつ既婚者だ。俺と別れてすぐに結婚したんだ。今日来たのは仕事の資料を見せる約束してたから」

「仕事って…」

「悠の奥さんってのが元モデルで、今は二人でモデル事務所をやってる。今度の仕事で使うモデルが彼らの事務所の所属だから、打ち合わせ兼ねて会ってただけだ」

そう云うと、彼は呆れたように溜め息をついた。

「勝手に思い込んで、それで落ち込んでたわけか？　それで俺が二股かけてるって？　しかも、久人のことは遊び相手だって？」

「…それは坂根さんが云ったんだよ」

ぼそぼそと言い訳する。

「まあそりゃ、亮太がいればそれでいいとか、坂根さんとは別れるとか聞かされたら、そのくらいの捨て台詞《ぜりふ》は云ってしまっても仕方ないと思わないか？」

「坂根さん…」

「仕事とはいえ久人とずっと会えなかったから、スタッフにたのみ込んでなんとか調整して、予定より早く帰ってきたんだ。それで一番に久人の顔が見たくてアパートまで行ったときに、俺とは別れるって云われたんだ」

俺は血の気が引いた。

「れ、連絡してくれてたら…」

「驚かそうと思ったんだ」

なんてことだ。坂根さんが怒るのは当然だ。俺は彼の顔が見られなかった。

「ああ、そうそう。ほんとは捨てるつもりだったんだけど…」

坂根さんはそう云って、部屋の隅に置いてあった小さい紙袋を俺に渡した。

「…なに？」

「あのときに渡すつもりだったお土産」

「え…」

「開けてみたら？」

俺は云われるままに箱を開けてみる。中には高そうなカルティエの腕時計が入っていた。

俺は泣きそうになった。こんなに大事にされていたのだと思うと、嬉しいのと申し訳ないのとで、溢《あふ》れる涙を必死で堪えた。

「…ひどいことを云ったのは謝るよ。ヤリ友なんて、思ったこともないよ」

「坂根さん…」

「こっちおいでよ」

坂根さんはいつもの優しい笑みを浮かべて、自分の座っている隣をぽんぽんと叩く。

俺は僅かに躊躇しながらも、その隣に座った。髪をくしゃくしゃと撫でられて、俺は身体がほんわりと温かくなったような気がして、堪えきれなくなって涙が零《こぼ》れた。

「ご、ごめんなさい…」

坂根さんはそんな俺を抱きしめてキスをしてくれた。久しぶりのキスに俺は身体がふにゃふにゃになりそうだ。

「…坂根さん…」

「きみがあんなに怒鳴ったり、ぼろぼろ泣いたりするとは思わなかったよ」

「あ、あれは…」

「可愛かったよ」

「嘘だ。泣いてるとき、不細工だったし…」

「けど、可愛かったよ。もうどうしようってくらい」

「…全然そんなふうには見えなかったけど」

「だって、泣き落としにまんまとのせられるのってマヌケだろ」

「泣き落としじゃないもん…」

拗《す》ねて唇を尖《とが》らせる俺を見て、坂根さんはまた頭をぐりぐりと撫でる。

「久人はあんまり自覚ないみたいだけど、俺から見るとほんと可愛いよ。他の奴にそういうとこ見せたくないから、外でのデートなんてなしでしょ」

「何それ…」

「俺さ、きみには見せないように気を付けてきたんだけど、すごい嫉妬深いんだよ」

「坂根さんが？」

「見えない？　でもそうなんだ。だから亮太くんのことで、きみに二股かけられたと思ったらぶちって切れちゃったんだ」

「……」

俺はすぐには信じられなかった。

大人でいつも余裕のある坂根さんが、嫉妬して切れるなんて想像できない。

「平田に聞いたみたいだけど、俺がきみくらいのころは確かに好き勝手やってたし、いちいち嫉妬とか感じなかったんだけど、そういうのやめてから、恋人がちょっとでも他の奴と親しくするとダメなんだ」

「切れちゃう？」

「ああ。自分でもそういうの持て余してるとこある」

そう云って苦笑した。そんな坂根さんが、俺は急に近くに感じた。

「だからあんまり深入りしないように、少し距離を置いていたことは確かだ。けどそれで久人を不安にさせてたってこと考えなかったんだ。ほんとにごめん」

「坂根さん…」

「俺、ほんとに呆れるほどヤキモチ焼きなんだけど、久人はそれでもいい？」

「い、いいに決まってるよ！」

俺は力を込めて云った。坂根さんは嬉しそうに微笑んでくれた。

それで俺は亮太のことをもう一度ちゃんとわかってほしいと思った。

「あ、あの、今日俺がここに来たのは、亮太が背中を押してくれたからなんだ」

坂根さんの目が探るように俺を見た。

「…どういうこと？」

「坂根さんのことほんとに好きなら簡単に諦めるなって。縋り付いてでも引き留めろって」

「亮太くんが？」

「うん。亮太は俺にとってかけがえのない親友なんだ。その亮太が好きな相手を簡単に諦めるような奴は親友とは思わないって」

「…そうか」

俺は必死で伝えたかった。坂根さんには俺と亮太の関係をちゃんと知ってほしかったのだ。

「うん。だから亮太がいればいいって云ったのは、友達が居ればもうそれでいいって意味なんだよ」

「……」

「ほんとはそれでいいって思ってるわけじゃないけど、でも坂根さんに振られちゃっても友達が居てくれるなら立ち直れるっていうか…」

「わかった」

「ほんとに？」

「ああ、信じるよ」

俺は嬉しくて涙が出た。そして俺から坂根さんにキスをした。

「祐司さん、…好き」

消え入りそうな声で告げる。

「俺もだよ」

坂根さんも掠《かす》れた声で返してくれた。

ああ、諦めないでよかった。亮太に心から感謝した。

「でも坂根さん、ほんとに俺でいいの？」

「今更何を」

「けど、俺なんて美形でもないし可愛くもないし…」

「久人、可愛いじゃないか。少なくとも俺にとっては充分可愛い」

そう云って、耳朶を軽く齧《かじ》った。

「特にエッチの反応が素直で可愛い」

俺は真っ赤になってしまった。

「ほらね。ほんと可愛いよ」

そんなふうに云われると、どうにもくすぐったい。

でも、悪い気分じゃもちろんない。

「浮気したら、許さないよ？」

茶化しながら、でも坂根さんが本気だってことはわかった。

「しないもん」

「絶対に？」

「絶対」

俺は片手を胸の前で上げて、誓った。

「坂根さんもしないで」

小さい声で云ってみた。

「しないよ。俺、これでもきみに夢中なんだよ」

甘い甘い声でそう云う。俺はその言葉に酔いそうになる。

「夢中だから、あんなに腹が立ったんだ。自分でもはっきりわかったよ」

俺の服を脱がしながら、耳元に囁いた。俺はぞくっとなった。

もう、どうにでも好きにして、と叫びたい心境だ。

「久人は、見た目はクールで体育会系なのに笑うととびきりチャーミングで、性格は恋する乙女で。そのギャップにハマっちゃったんだよ」

それを聞いて俺は真っ赤になってしまった。坂根さんは、しっかり俺のことをわかってくれていたのだ。

「ひどいこと云ってごめんね」

坂根さんはそう云いながら、またキスをしてくれる。舌をからめられて、俺も必死にそれに応えた。

坂根さんのキスは更に激しさを増して、俺は身体が熱くなってくる。

「さ、坂根さん…」

喘《あえ》ぐように息をして、彼の名前を呼んだ。

坂根さんの手が俺の下半身をまさぐり、パンツごしに張りつめているそこを握った。

「あ…」

欲しがるような声をあげてしまって、自分で思わず口を覆う。

「なんで？　もっと声聞かせてよ」

坂根さんは優しく笑いながら、ジッパーを下げる。

いつもはもっと焦らす坂根さんだったけど、久しぶりだったせいか焦らすことなく俺の欲しがる前に愛撫してくれる。

坂根さんは俺の露《あらわ》になった股間に顔を埋めて、そこに舌を這《は》わせ始める。

「あ、い…ぃい…」

坂根さんの舌が俺のものを舐めてくれていると思うだけで、幸せすぎていきそうになる。

また坂根さんに抱いてもらえるなんて、期待していなかったのだ。

「ゆ、祐司さ、…ん…」

もう、すぐにでも彼が欲しかった。

坂根さんはすぐにそれに気付いて、俺に自分のものを握らせる。

「あ、おっきい…」

坂根さんのものも、もう既に硬くなっていて、俺を欲しがってくれているのだ。

「久人があんまり可愛いから…」

「あ、もう、入れて…」

恥ずかしさを感じる前に口にしてしまった。

「うん。俺も今日は…」

坂根さんは全部は云わずに、自分の大きくなったペニスを摑《つか》むと俺の後ろに当てた。

「あ、それ…」

おねだりしてしまう俺に綺麗な顔で微笑みかけると、ぐいと腰を入れて先端を潜り込ませる。

「い、いい、あ、もっと…」

坂根さんの熱さをもっと奥で感じたかった。

そして俺の欲求はすぐに満たされる。

「久人、そんな…締め付けるな…」

坂根さんが僅かに眉を寄せる、その表情があまりにも色っぽくて、俺はもっと彼が欲しくなってしまう。

「あ、もっと…」

坂根さんは少し角度を変えて、自分のものを俺の中に擦り付ける。

俺のいいところに坂根さんのものが当たって、気持ちよすぎてどうにかなりそうだ。

「ここ、いいの？」

「い、いい」

必死で頷く。

「きゅうきゅう締め付けてるね。俺も、すごい、いいよ」

坂根さんの息も少し荒くなってる。

「そ、そこ、…いい。ああ…ん」

うわごとのように口にしていた。

坂根さんの腰遣いは絶妙で、俺はもう意識が遠くなりかけている。必死で息を吸うせいで、過呼吸になりそうだ。

少し前までは痛みしか感じなかった後ろへの挿入なのに、坂根さんにすっかり開発されて、俺は恥ずかしいほど感じるようになってしまった。

坂根さんのものが出入りするたびに、俺は呆れるほど甘い声を上げて、自分からもいやらしく腰を振っていた。こんなにも貪欲に誰かが欲しくなることがあることを、坂根さんとエッチするようになって初めて知った。

坂根さんが喜んでくれるなら、なんでもしたい。そして、恥ずかしいことをもっとされたい。そんなことを意識すると、更に身体の芯が熱くなった。

「久人、好きだよ」

激しく俺を突き上げながら、坂根さんは俺の耳を噛む。

大好きな坂根さんの懐かしい匂いに包まれて、俺は泣き出しそうに幸福だった。

恋に落ちる記憶・その後

夏になりました。

夏になっても坂根《さかね》さんは相変わらず仕事が忙しくて、週末も休めないことが多くなっていた。

俺は坂根さんが仕事のある休日は、前から入っていたフットサルチームの試合に顔を出したり、友達の草野球チームに呼ばれたりしていた。

夏に汗をかくのが大好きな中坊のような俺は、身体を動かせるお誘いがあれば都合がつく限り参加することにしている。

このときも亮太《りょうた》の知り合いのチームに助っ人で呼ばれて、外野を守っていた。

炎天下でのプレイは正直暑くて乾涸《ひから》びそうなんだけど、そういうのが夏っぽくてそんなに嫌ではなかったりする。顎《あご》から汗が滴る感覚というのも、意外に悪くない。

ツーアウトを取ったところで、尻ポケットに入れたケータイが鳴った。

『こっちはもうすぐ終わるけど、今どこ?』

メールは坂根さんからだった。

『俺は今日はライト。七回裏、相手の攻撃』

ちらちらとマウンドを見ながら、メールを送る。

『どこのグラウンド?』

それに返信しようと思ったら、ピッチャーゴロでチェンジになった。

場所をメールしながらベンチに戻る。

「成末《なりすえ》、おまえ真面目にやらないと交代さすぞ！」

監督兼キャッチャーの山代《やましろ》さんに怒られてしまった。

「すいませーん」

とりあえず謝っておくと、またすぐに坂根さんからメールが届く。

『そこなら今から十五分で行ける。迎えに行くよ』

思わず顔がにやけた。

「あ、監督。交代させてください」

監督に自ら志願する。

「え？」

「俺、今日はもうこのへんで…」

補欠もいるからちょうどいいと思って、俺はさっさと帰り支度を始める。

二塁打で一打点上げているのだから、助っ人としての役目は充分果たしてるはずだ。五点差もある上、相手は四番以外は長打が打てないバッターばかりだから、外野は誰にだって務まるだろう。実際俺は今日は一度もライトフライを取っていない。

「おーい、このあと打ち上げあんだぞ。奢りだぞ」

ピッチャーの小杉《こすぎ》さんも引き留めてくれたけど、もちろん坂根さんが優先に決まってる。

「すみません、これからデートなんです」

ことだ。


「デートぉ？」

「成末くん、彼氏できたんだ！」

「えへへ、そうです」

　実はこのチームでは、俺がゲイだってことはとっくに知られてしまっていた。といっても、ゲイが集まって作ったチームというわけではない。小杉さんが亮太のバイト先の店長だったというだけのことだ。

「亮太くんが妬《や》くんじゃないの？」

「だからあ、亮太とはそういうんじゃないんです！」

　何度説明しても、彼らは俺と亮太が特別な関係だと思い込んでいるのだ。

「でもお似合いなのに」

「友達としてはすごくいいヤツだけど、正直恋人としてはまったくタイプ違うから」

「それは残念だなあ。で、その新しい彼氏は今日は応援には来てないの？　見てみたいなあ」

　見せびらかしたいけど、もちろんそんなことはしない。

「彼氏は今日も仕事です」

　もうすぐ迎えに来ることは内緒だ。

「でも亮太くんみたいなのが近くに居たら、目が肥えて大変だね」

「はあ」

「よく彼より可愛《かわい》い子見つけたねえ」

あーあ、また誤解されてる。でも面倒だから敢えて訂正はしない。

「今度の試合のときは連れておいでよ」

「…男だよ？」

「男でも亮太くんくらい可愛ければ見てみたいじゃない」

俺は苦笑を返して、ベンチの隅っこで汗だくのユニフォームを着替える。

「じゃあ、失礼します」

「おー、彼氏によろしくな」

「ふぁい」

俺は一礼して、坂根さんにメールしておいた車の停めやすいとこまで移動した。

夕方とはいえまだ日差しが強かったので、木陰でペットボトルの水を飲みながら坂根さんのメルセデスが現れるのを待つ。

トラベルティンベージュの上品なボディカラーに身を包んだCLSクラスのメルセデスは、優雅で繊細でそれでいて攻撃的。まるで坂根さんそのものだ。少なくとも日本では坂根さんよりもこの車にぴったりのオーナーは居ないと俺は信じている。

その美しいメルセデスが俺の前に滑り込んできて、ドアが開いた。

「お待たせ」

サングラスの奥で坂根さんが微笑む。俺は思わず顔がへにゃへにゃと崩れてしまう。

こんなカッコイイ車に乗った超カッコイイ人が自分の彼氏だなんて、幸せすぎてちょっと怖い。

坂根さんがこの車を購入してまだ一月ほどしかたってない。俺が乗せてもらったのはまだ数回なので、内装の革張りの豪華さにいちいちびびる。シャツは着替えたものの汗だくの俺が座るにはこのシートはゴージャスすぎた。しかし坂根さんはそんなことは少しも気にしないし、車の中が少しくらい汚れていてもがたがた云《い》わない。そこがまたいい。

「撮影、早く終わったんだね」

俺はシートベルトを締めながら坂根さんを見た。

「ちょっと予定が変更になってね。でも野球、途中でよかったの？　って、今更だけど」

「全然平気。五点リードしてるし」

「久人《ひさと》も活躍した？」

「ツーベース打ったよ」

「へえ、そりゃ見てみたかったな」

そう云われて、えへへと笑ってしまう。

「もしよかったら、今度は坂根さんも一緒にやらない？」

思い切って誘ってみる。

「俺？　野球はなあ…」

「野球嫌い？　じゃあフットサルは？」

「チームスポーツはあんまりね。テニスやスカッシュならわりと好きだけど」

「あ、似合いそう」

なんとなく坂根さんらしいなと思う。バックハンドのトップスピン、もちろんシングルハンドで返す坂根さんなんて、俺は想像しただけでやばい。実際に見たら鼻血出ると思う。

「じゃあ今度一緒にやろうか？」

「ほんとに？」

うわー、絶対に見たい。鼻血出しても見たい。ウエア姿も格好いいに決まってる。

「この時期外だと暑いから室内がいいね。それならスカッシュの方がいいかな」

「スカッシュはやったことない…」

「よければ教えるよ？　とは云っても、俺もそんなにうまいわけじゃないけど」

坂根さんに手取り足取り教えてもらうなんて、すごくいいかも…。それに確かスカッシュはスケルトンのゴーグルみたいなのをかけるはずだ。

すぐさま想像してみた。似合う。絶対に坂根さんには似合う。うわ、見てみたい。

「や、やってみたい」

思わず口走っていた。

「それじゃあ、今度俺が休めそうな日に予約入れておくよ」

「うん…！」

ああ、幸せだー。

会う度に坂根さんが好きになる。坂根さんはいつも優しくて綺麗《きれい》で、一緒に居るだけで俺はいまだにどきどきしてしまう。

「実は前に云ってた例のモッツァレラチーズ、昨日届いたんだ。それで急いでトマトも送ってもらった。だからぜひ久人にご馳走《ちそう》したくてね」

「う、うわー」

ナポリ直輸入のモッツァレラ・ディ・ブッファラのことだ。坂根さんが贔屓《ひいき》にしてるイタリアンのお店に頼んで分けてもらう約束をしていたらしいのだ。

このメルセデスでドライヴもいいなあと思っていたけど、そういうことなら坂根さんにご馳走してもらいたい。

「今日は俺が久人にご馳走するから、楽しみにしてて」

「あ…」

ちょっと前に俺にしてくれた約束を、坂根さんはちゃんと覚えていてくれたのだ。

「それは、すごいね」

嬉しくて胸がじんわりしてくる。

そんな俺の左手に、坂根さんは自分の右手を重ねて指をからめた。

「いつも久人にしてもらってばかりだから」

俺は思わず真っ赤になってしまった。このままどこかの地下駐車場にでも連れ込まれて、そのまま車の中で求められたとしても、俺は躊躇《ちゅうちょ》なく受け入れてしまいそうだ。

しかしそんな鼻息の荒い俺を見透かしたのか、坂根さんは車内でキスをしてくることもなく、涼しげな顔でマンションまで走らせると、車を構内の駐車場に入れた。シャッター付きのスペースだ。

シャッターは生体認証システムのオートロックになっていて、坂根さんは俺の指紋も登録してくれた。自分が海外に行っているときは使っていいよと云ってくれているが、こんな高級車を俺が軽々しく運転できるわけがない。今のところは助手席で充分だ。

「シャワー浴びておいでよ。その間に用意しておくから」

部屋に入ると、坂根さんはそう云って台所に向かう。

「あ、じゃあ急いで入ってくる」

「そんなに急がなくても大丈夫だよ」

そう云われても、やっぱり待たせちゃ悪いからと大急ぎでシャワーを浴びて、台所を覗《のぞ》いてみたら坂根さんはまだトマトと格闘していた。

「あの、手伝おうか？」

バスタオルで髪を拭きながら聞く。

「もう出たの？」

坂根さんはトマトを剝きながら、ちらと俺を見た。

「…そのトマト、熱湯に入れる時間が短いんじゃないかな。もっと入れておいたら、包丁使わなくてもするっと剝けちゃうよ」

「けど、あんまり長く入れておいたら中まで温くなっちゃわないか？」

「お湯から引き上げてすぐに氷水に浸ければ大丈夫だよ。そのあと冷蔵庫に入れておけばチーズ切ったりしてる間に冷えちゃうし」

この調子だとチーズ切るのにも時間かかりそうな気がする。

「そっか」

「冷蔵庫入れるときは丸ままじゃなくて、切ってからの方がいいよ。お皿に入れてちゃんとラップしてね」

「了解」

素直に俺のアドバイスを聞く坂根さんは、なんか可愛い。

「何か手伝えることがあったら…」

云いかけた俺に、坂根さんは笑って缶ビールを投げて寄越した。

「今日は俺が全部やるから、久人はビールでも飲んで待ってて」

「あ…、うん」

俺はとりあえず、その場で立ったままビールを飲んだ。

「ぷはー、うまい！」

運動後のビールは最高だ。

一気に飲み干して口元を腕で拭《ぬぐ》うと、缶をシンクに出す。

「久人」

坂根さんはトマトの切れ端を摘《つま》んで俺に見せた。

「味見してみる？」

俺は頷いて、犬みたいにトマトに食いついた。

「あ、美味しい」

真っ赤に熟れたトマトは甘くて美味しい。

「久人、エロいね…」

「え…」

「唇、真っ赤だよ」

坂根さんはそう云うと、トマトを食べかけの俺に軽くキスをする。

「あ…」

今日初めてのキスだ。

「そんなカッコでうろうろして、俺のこと誘ってるの？」

トマトで濡れた指で、俺の乳首をすっと撫でる。俺は思わず震えた。

「つめた…」

暑かったし風呂上がりだったので、上半身裸だったのだ。

「シャ、シャツ着てくる…」

若干掠れた声で訴えると、慌てて坂根さんから離れた。そんな俺を見て坂根さんはくすくす笑っている。

着替え終えて、もう一度台所に顔を出した俺に、坂根さんはにっこりと微笑む。

「テレビでも見てゆっくりしてて。まだちょっとかかるから」

慣れない手つきでがんばっている坂根さんがすごく可愛く見える。

「うん…」

「あ、ビールもっと飲む?」

「え、いい。ご飯まで待つ」

「今日のはワインのが合うと思うよ」

「あ、じゃあグラス出しとく…」

食器棚に手を伸ばす俺を、坂根さんは優しく制した。

「今日は全部俺がやるから」

「あ…うん…」

「あとでご褒美期待してるからね」

悪戯っぽい目で笑う。俺はまた真っ赤になってしまって、大人しくリビングでテレビをつけた。

ご褒美って、ご褒美って…。

俺がときどき凝ったご馳走作ったりすると、坂根さんはよくそのあとのエッチで「ご褒美あげなきゃね」とか云っていろいろご奉仕してくれる。ってことは、つまり今夜は俺がいろいろご奉仕するってことかな。

お、俺が坂根さんにご奉仕…！

うわっ、上手にできるかな。いつも俺がしてもらってばかりだから、あんまり自信ない。でも大好きな坂根さんにご奉仕なんだからがんばんなきゃ！　いい歳して気持ち悪いんだよ、なんて突っ込みは無視だ。

えっと、ご奉仕ってことはやっぱり坂根さんのモノを舐めたりとかかな。それも俺が坂根さんを脱がせて脚開かせてとかそういう…。うわーうわー、どきどきしてきた。

それでやっぱり俺が坂根さんの上に跨《またが》って…！

妄想がヒートアップしてきたときに人の気配がして、俺は飛び上がった。

「どうしたの？」

「え、あ、なんでもない！」

坂根さんはカプレーゼを盛った大皿をテーブルに置いた。

「顔、真っ赤だよ」

「ビ、ビールが回ってきたのかも」

「大丈夫？」

「全然平気。それより、俺も運ぶの手伝おうか？」

ごまかすように立ち上がる。

「もうすぐだから。大人しく座ってなさい」

「…はい」

すとんとその場に座り込む俺の髪を、坂根さんがくしゃっと撫でてくれる。

「なんかさ、母の日に子供がご飯作るのをハラハラして見てるおかーさんみたいだな」

「お、俺がおかーさん？」

「さっきから、全然落ち着かないんだから」

あー、今の落ち着きのなさはまた別件だったんだけど、俺はとりあえず笑ってごまかした。

どうやら坂根さんが作ったのは本当にカプレーゼだけだったようだ。そして坂根さんがワインを注《つ》いでくれて、乾杯した。

俺はワインの知識はさっぱりだが、飲みやすくて口当たりがいい。何よりカプレーゼに合う。

「…おいしい。こんなにおいしいモッツァレラチーズって食べたことない」

「だろ？」

「トマトも味が濃くて最高」

坂根さんは笑って頷く。

カプレーゼとは、湯剝きトマトを輪切りにした上に、日本はもちろんイタリアですらなかなか手に入らないというナポリ産の最高級のモッツァレラチーズを載せて、それにオリーブオイルを垂らしてバジルを飾っただけのものだ。

「これだけじゃお腹が膨れないだろうと思って、コンビーフのサンドイッチもあるんだ」

そう云って、デリバリー用のケースに入ったままのサンドイッチをテーブルに置いた。

「え、これ…」

「久人が絶賛してただろ」

コンビーフといってもお店の自家製なのだ。缶詰のコンビーフとは全然違う。

「さっき、久人がシャワー浴びてるときに届いたんだ」

もう幸せすぎる。

自分で作って坂根さんに食べて喜んでもらうのも嬉しいけど、坂根さんが作ってくれるなんて俺にとっては最高の贅沢だ。

そりゃあカップレーゼなんて料理のうちには入らないかもしれないけど、そんなことは問題じゃない。こんなに綺麗でカッコいい坂根さんが、俺のために作ってくれたってとこが大事なのだ。しかも、トマトはちゃんと皮も剝いてあるのだ。

「やっぱり、うちで二人きりで食べる方がいいね」

そう云って坂根さんは俺の耳の下に鼻先を押し付けてくる。坂根さんはアルコールに滅法強いから、このくらいのワインで酔うはずもない。けど、そうやって甘えたようにじゃれてくる坂根さんもなんだか可愛い。

「こうやっていつでも久人に触れるし」

耳の下に舌を這わせる。俺は思わずびくりと震えてしまう。

「レストランじゃこういうことできないしね」

実は先週、付き合うようになって初めて、坂根さんと外で食事をしたのだ。

俺も一張羅のスーツなんか着てめかしこんだつもりだったけど、坂根さんのあまりのカッコよさにすっかり引き立て役になってしまった。でもそんなカッコいい坂根さんと差し向かいで食事ができたことが、俺には最高に幸せだった。

他のテーブルの女性がちらちら坂根さんを見ていて、でも坂根さんは女性たちの視線をまったく無視して俺だけを見てくれていた。それで、単純な俺はちょっとした優越感に浸ったりもしたのだ。

「でも、あのレストラン、おいしかったよ」

「俺は久人が作ってくれる方が好きだな」

「また、そんなことばっかり云って…」

「ほんとだよ。でも久人がおめかしするのが見られたのはよかったけど」

お、おめかしって…。俺は思わず顔が赤くなった。

「久人がスーツ着たの初めて見たよ。お店でも女の子がチラチラ見てたね」

「あ、あれは坂根さんを見てたんでしょ！」

「久人を見てる子もいたよ。まあ久人が気付いてないならそれでいいんだけど」

それは坂根さんの勘違いに違いない。

「けどまあ、久人に作らせてばっかりってのも何だから、たまにならいいかな」

「うん」

料理を作ることは面倒でもなんでもないし、部屋で二人きりで過ごすのも大好きだけど、ときどきは外でデートしたい。

「ほんとは外でも久人といちゃいちゃしたいんだけど、普通の店でやったら引かれるし」

坂根さんてば、何を言い出すんだ。

「あ、当たり前だよ」

「大丈夫な店は、逆に久人が狙われちゃうから心配だしなあ」

「狙われるのは坂根さんの方だと思うけど」

「俺は平気。俺みたいなのはゲイの世界じゃあんまりもてないから」

それは単に女性にもてるのと比べたらそれほどでもないというだけのことで、彼がもてないはずがない。あのパーティでだって、何人もが坂根さんを見ていた。とはいえ、坂根さんほど外見が整っていると簡単に声をかけにくいというのはあるだろう。俺だってずっと憧れていたけど、自分から声をかけようとは思いもしなかったのだから。

「坂根さんがもてないはずないよ」

「嘘じゃないって。俺、久人と付き合うまで半年もフリーだったんだから」

「…それは悠《はるか》さんとのことがあったからじゃ…」

俺がそう云った途端、坂根さんの眉がちょっと寄った。

「なんで？」

「え…」

「なんでそう思うの？」

「だって、あんな綺麗な人に振られて…」

「ちょっと待て。なんで俺が振られたって思ってんだ？」

「え、違うの？」

俺は亮太から聞いたことを信じ込んでいた。

「誰かに聞いた？」

「亮太が…、平田《ひらた》さんの知り合いとかに聞いたらしくて…」

坂根さんの眉がぴくりと動いた。

「亮太くんね…。彼、なんか俺のことよく思ってないんじゃないか？」

「そんなことないよ！」

びっくりして思わず抗議した。

「一度、亮太くんに会ってちゃんと話をしておく方がいい気がするな」

「…坂根さんさえよかったら、いつでも紹介したい。一番の親友だから」

坂根さんは黙って頷いた。

「だいたい、平田の云うことなんていつだって適当なんだから、あんまり信用するなよ。久人のこと気に入って俺の悪口吹き込むとか、そういうこと平気でやる奴だから」

「それはないと思うけど…」

「悠にはべつに振られたわけじゃないよ。お互い仕事が忙しくなってスレ違いが続いて、気持ちも離れたから、もう別れようかって感じで別れただけ」

「そんなにあっさり？」

「気持ちが離れたらそんなもんだろ」

「え…」

まるで俺が別れを告げられたような気持ちになってしまった。それを察したのか、坂根さんは苦笑しながら俺を引き寄せた。

「そんな顔しないでよ。悠との話なんだから」

「…うん」

「あのさ、俺と別れること考えた？」

「…ちょっと」

「まだ付き合いだしたばっかりなのに」

「だって…」

なんだか泣きそうになってしまった。

坂根さんの気持ちが俺から離れたらもう終わりなんだ、そんな日がいつか来るかもしれないと思うと哀しくて、項垂《うなだ》れてしまった。なんか女々しくて自分でもちょっと情けない。

「悠さんみたいなあんな綺麗な人が相手でも気持ちが離れるんだから…」

「それは関係ないだろ」

「…俺、カッコ悪い。こんなこと云うつもりじゃなかったのに」

ほんとに自分で云ってて嫌《いや》になる。俺は自分が夢見がちで乙女な自覚はあったが、こんなぐじぐじ悩んだりする方じゃないつもりだ。だからこんな自分はちょっと嫌だった。

けどそんな俺を坂根さんは優しい目で見て、鼻の頭にキスしてくれた。

「そういうとこ、久人は可愛い」

「そうやって揶揄《からか》って…」

「違うよ、揶揄ってなんかないって。なんでも俺に云ったらいいんだよ。俺が気を悪くするかもとか、カッコ悪いかもとか、そんなこと気にしなくていい」

「坂根さん…」

「俺は付き合った相手をとことん可愛がりたい方なんだけど、実は悠も同じようなタイプだったんだよね。だから全然うまくいかなかったよ。俺はうんと甘えてほしいのに、悠の方も同じこと考えてたってわけ」

「…そうなんだ」

「久人は最初に会ったときから可愛い子だなあって。触りたくてムズムズしてたんだ」

そう云って俺の頭をくしゃくしゃと撫でる。

「俺、そんなに可愛い方じゃないと思うけど」

「可愛いよ。少なくとも俺にとっては可愛い。最初は仔猫とか仔犬とかの可愛いっていうのと近い感じ？」

「え、仔猫？」

こんなデカい仔猫がどこに居るって云うんだよ。坂根さんの感覚ってちょっとずれてるような気がしないでもない。

「仔猫より仔犬かな。けど、話してみるとちょっと違う感じになっていったんだ」

微笑みながら、俺の耳の下を舐めてくる。

「ご飯にでも誘ってみようかなあと思ってたんだけど、きみのとこの専務からそれとなく予防線張られてたんだよね」

「専務が？」

「そう。うちの社員に手ぇ出すなよって」

それは初耳だった。専務は俺がゲイだって知ってるくせに邪魔してたなんてひどい。こんなふうにうまくいってなきゃ、専務を恨んでるところだ。

「最初はそんなだから、面倒な相手はやめておいた方がいいかなとも思ってたよ。それにゲイかどうかの確証もなかったしね。とはいえ、たぶんそうじゃないかとは思ってたけど」

「な、なんで…」

「見てたらわかるよ」

「…そんなに俺のこと見てたの？」

思い切って聞いてみた。すると坂根さんはふっと微笑んで俺の髪を撫でる。

「見てたよ。俺の顔見て恥ずかしそうに笑うから、これはアリだろと思ってた。例のパーティで会ったときは、ちくしょうやっぱりそうじゃんって思わず苦笑しちゃったくらいだ」

そのときのことは俺もよく覚えている。あれは仕事関係の知り合いにこんなとこで会ってしまってまずいなあ、って意味の苦笑だとばかり思っていた。

「その後は行動早かっただろ？」

「…うん」

「きみはナンパされるのが目的で来てたみたいだから、他のヤツにみすみす持っていかれるわけにはいかないってちょっと焦った」

にわかに信じがたかったけど、でも本当なら泣きそうなほど嬉しい。

「祐司《ゆうじ》さん…ありがとう」

俺はそう云って、自分からキスしてみた。

「ん？」

「俺のことナンパしてくれて」

坂根さんはふっと笑ってくれた。

「それじゃあ、ご褒美くれる？」

坂根さんの綺麗な顔に何か企むような笑みが浮かんだ。

「え…あの…」

「ナンパのお礼とご飯のお礼。俺のこと、うんと気持ちよくしてよ」

その言葉に俺は首まで赤くなった。

いつもエッチのときは全部坂根さんに任せきりだ。彼はうんと優しく俺を虐《いじ》めてくれる。うんと焦らしたり、ときどきちょっと強引だったり。

坂根さんは相変わらず仕事が忙しいので、ゆっくり会えるのは週末だけだ。そのときに一週間分たっぷりと愛し合う。

俺の弱いところを執拗《しつよう》に愛撫して、俺はへとへとになるまで彼のセックスに翻弄《ほんろう》されるのだ。

でも俺が主導権を握るということはまだなかった。

俺が彼を気持ちよくしてあげる、それを想像するだけで身体が熱くなる。

「たまにはいいだろ？」

坂根さんが色っぽい目で俺を見る。

「ん…」

俺は小さく頷くと、もう一度彼にキスをした。今度は少し口を開けて。自分から舌を差し入れて彼の舌を捉える。坂根さんも俺の舌に自分の舌をからませてくれた。

ああ、やっぱりいい。坂根さんとキスするのは大好きだ。

俺はキスをしながら、坂根さんのシャツのボタンをもどかしげに外す。

自分から仕掛けていることに、どきどきしてくる。

ふと坂根さんと目が合う。彼はちょっと濡れた目で、俺に気付くと笑いかけた。ほんとになんて綺麗な人なんだろうか。

もっと彼にいい顔をしてほしくて、俺は彼のベルトに手をかけた。

「久人…」

彼は俺が脱がしやすいように少し腰を浮かせてくれる。

「…しゃぶってくれるの？」

おもしろがるような声だ。俺はもっと彼に余裕をなくさせたくて、いっきに下着から彼のものを取り出して、それを咥《くわ》えた。

坂根さんにもっと濡れた声を出してほしくて、俺は夢中になって彼のものに舌を這《は》わせた。

「…上手だよ」

坂根さんの声に少し荒い息が混じる。俺は更に彼のペニスを唇で締め付けてみた。ぴくりと彼の身体が震えたのがはっきりとわかる。

彼の反応にぞくぞくしてきて、自分の中心ももういっぱいいっぱいの状態で、彼のものをしゃぶりながら、自分のものも握り締めた。

「久人、身体入れ替えて。きみの咥えさせてよ」

俺は思わず頭を横に振る。今そんなことされたら、あっという間にいってしまう。

「んじゃ、俺の飲んでくれる?」

そのいやらしい言葉に、俺は頷いていた。顔にかけてもらってもよかった。いや、そうしてほしかった。なんだか、ものすごく虐められたい気分になってる。

俺ってやっぱりMなんだ。

俺の口には大きすぎる坂根さんのペニスを、それでも喉元まで迎え入れる。そして自分のものを下着から出して扱き始めた。

「久人、なんてやらしいカッコしてるんだ」

坂根さんはエロい声で俺を挑発する。

「俺の舐《な》めながら感じてるの？　可愛いね」

そんな言葉にぞくぞくしてくる。

自分の恥ずかしい姿をじっくりと坂根さんに見られていると思うと、俺はもう今にもいきそうになってしまう。

それなのに、坂根さんは俺の口から腰を引いた。

「やっぱり、久人の中でいく方がいい」

「え…」

「上、のってみて？」

膝を立てて座ると、俺を手招く。

ものすごく煽情《せんじょう》的な坂根さんのヌードに、俺はごくりと唾《つば》を飲み込んだ。

勃《た》ち上がった中心のものは、俺の唾液で濡れて光っている。

「こっちはたっぷり濡らしてもらったから、自分で馴らしながら入れられるだろ？」

やっぱり坂根さんはSだ、ドSだ。すぐにでもいきたかったのに、それをはぐらかされて俺はもう泣きそうだ。

とにかく俺は早くいきたくて、彼の云いなりになるしかない。

後ろに自分で指を埋めて解《ほぐ》す。

「…後ろ弄るの、馴れてるんだね」

そんなこと聞かれても答えられない。

「俺でオナニーするの？」

俺は思わず反応してしまった。それを見て彼はにやにや笑っている。

「嬉しいね。久人のオカズにされてるなんて」

俺が虐められたいと思っていることが彼に通じているのかもしれない。

俺はもう彼が欲しくてたまらなくなっていて、解すのもそこそこに、向かい合うように彼を跨《また》ぐ。

今更だが、やっぱり恥《は》ずかしい。

坂根さんはまったく手伝ってくれる気はないらしく、俺は彼のものを摑んで自分の後ろに当てると、ゆっくりとその上に腰を下ろしていった。

「…自分で動いてごらん」

俺は彼の首に腕をからめるようにして摑まった。そして、自分の中に擦りつけるようにしてゆっくりと腰を上下させる。

「あ、い、いい…」

彼の大きなペニスが自分の中を行き来する快感に、思わず声を上げてしまう。

「ゆ、祐司さん…。好き…」

そう云った俺に、坂根さんはキスしてくれた。

「自分のいい場所、探してごらん」

云われるままに、自分で角度を変えていい場所に擦りつける。

「は、ああ…」

自分でもいやらしい声を出していると思う。でもその恥ずかしい感じがまた俺を刺激する。

「上手だね」

俺は小さく首を振った。ほんとはもっと激しく突いてほしいのだ。

自分でやるのもいいんだけど、もっと深いところを乱暴にやられたい。

「…もの足りない？」

自分じゃ無意識だったけど、露骨に態度に出てたのかもしれない。

繋がったまま坂根さんがいきなり体勢を替えて、激しく腰を使い始めた。

「あ、すごい…あ、ああ…！」

俺はどうかしてると思うほど感じてしまっていた。

「祐司、さん…、触って…。俺の…、扱いて…」

俺は甘えた声でとんでもないことを口走っている。けど、恥ずかしいと感じる暇もなく、坂根さんの手が伸びて、長い指で扱いてくれる。

どんどん彼の腰の動きが速くなって、俺ももう限界まできたときに、俺の中で坂根さんが射精した。

そして俺も彼の手を濡らしてしまった。

「…ごめん」

「なに謝ってるの。俺なんて中出しまでしちゃってるんだから…」

ばか、そんなこと云わないでよ。

「とりあえず、バスルーム行くか」

「あ、うん…」

立ち上がろうとする俺を、坂根さんは軽々と抱き上げる。

「え、俺自分で…」

「出てきたら困るだろ？」

優しく云われて、俺は羞恥で首まで赤くなった。

坂根さんは決して小さい方じゃない俺をお姫様ダッコして、風呂場まで運んでくれた。

「久人はどんどんエロくなるね」

嬉しそうに云うと、くたりとバスルームのタイルに座り込んだ俺の脚を開かせてシャワーをかけてくれる。

「中、かき出してあげるから…」

「え…」

抵抗する間もなく、坂根さんの指が俺のバックに埋まって、彼が放ったものをかき出そうと忙しく動く。もう恥ずかしくて死にそうだ。

「…また気持ちよくなっちゃった？」

また勃起しかける俺のものに気付いて、意地悪な坂根さんが揶揄うように俺に囁く。

「や…」

「やめるの?」

「ちが…っ…」

坂根さんはふっと微笑《わら》うと、指の数を増やして俺の中を嬲《なぶ》る。

結局、バスルームの中でもさんざんいいように弄《もてあそ》ばれて、俺は何度もいかされた。

「夏休みはリゾートホテルでエッチしようね」

坂根さんはそんな約束を俺にしてくれた。


しかし、その夏休みのことで俺たちは揉めていた。

一時間後には亮太が来ることになっていたのに、俺と坂根さんとの間には険悪な空気が流れていたのだ。

「イタリアのリゾートホテルって…、無理だよ」

坂根さんが仕事でイタリアに行くことになっていて、それに合わせて俺に夏休みを取ることを提案してきたのだ。

「無理って、なんで…？」

「その週はコレクションの最後の追い込みだから、俺も休めないよ」

「う、っそ…」

坂根さんは相当がっかりした様子だった。

「ごめん…」

「どうしても無理？」

「うん…」

「そっか…」

あからさまにがっかりされて、俺もちょっと申し訳ない気持ちになってしまう。

「なあ、いっそ俺の事務所で働かないか？」

「へ？」

「そうだ、それがいいよ。久人がうちに来てくれたら、俺も毎日会えるし、ロケにも付いてきてもらえる」

坂根さんは勝手に決めて納得している。

「俺の秘書というかアシスタント？　なんでもいいや。今と同じかそれ以上の待遇を約束するよ。どう？」

あまりに軽々しく云う坂根さんに、俺はちょっと眉を寄せた。

「何云ってんだか」

「いや、本気だって。うちのオフィス、二年後にはとある会社と合併して、人も増やしていくつもりだから、そのときにはきみのとこの会社の規模よりも大きくなってるはず。悪い話じゃないと思うよ」

なんとなくバカにされてるような気になってきた。

「俺、今のところ辞める気ないんだけど…」

「すぐに返事しろなんて云わないから、考えてみてよ」

坂根さんは俺の仕事をどこでもできるようなことだと思ってるんだ。確かにそうかもしれないけど、でも俺は今の会社でいろんな可能性を試しているつもりなのだ。

「…考えない」

「え、なんで？」

「社長や専務の役に立ちたいから」

「俺よりも？」

なんでこんな話になってるのかよくわからなくなってきた。

「だって、坂根さんとはそういう関係じゃないもん」

「そういう関係ってなんだよ。俺が久人を必要としてるってことなんだけど」

そりゃ俺は雑用は得意だよ。どこの会社でもやることはそんなに変わらないと思う。でも今の会社には俺にしかできない仕事だってあるんだよ。そう云いたかったけど、バカにされるのが怖くて言葉にできなかった。

それに俺にはまだいろんなことで自信がない。いつか坂根さんが俺に愛想を尽かすんじゃないかと今でも思ってる。自分でも不釣り合いだという自覚は充分にあるのだ。

坂根さんが俺よりももっと相応《ふさわ》しい相手に出会ったら、俺は捨てられるだろう。そのときに仕事まで失ってしまうのは怖い。

今そんなこと口にしたら坂根さんは怒るだろうけど、それがそのときの俺の偽らざる気持ちだった。

「久人って、なんか一歩引いてるとこがあるんだよなあ」

俺はどきっとした。確かに俺はどこかで逃げ道を作ってる。

「一緒に暮らそうっていくら云っても引っ越して来ないし」

「そ、それは…」

「通勤時間がかかるのがそんなにイヤ？」

「そんなこと云ってない。もうちょっと心の準備がほしいって云うか…」

俺の曖昧な答えに、坂根さんは溜め息をついた。

「わかったよ。久人の好きにしたらいいよ」

ちょっと突き放すような云い方だった。

「坂根さん…」

俺は思わず泣きそうになってしまう。そんな俺を見て、彼は苦笑して俺を抱き寄せてくれた。

「そういう顔は反則だよ。そりゃ、俺もわがまま云ってるかもしれないけどさ」

「…そんなこと」

「俺のせいで週末も会えなくなってるのは悪いと思ってる。いつも久人が俺に合わせてくれてるのもわかってるよ」

「……」

「でもだからこそ、一緒に暮らしたら毎日顔だけでも見られると思ったんだ」

そう云われて嬉しくないはずがない。でも俺はすぐに首を縦には振れなかった。

「…久人が負担に思うなら、無理強いはしないから」

俺は黙って首を振った。坂根さんが俺を気遣ってくれてることがわかったからだ。

それでも、同棲は俺にとってはハードルが高かった。坂根さんは今までに何度か恋人と暮らしたことがあるから比較的簡単に切り出したんだろうけど、俺にはそんな経験は一度もない。だから簡単には踏み込めない。すごく不安なのだ。

「もうすぐ亮太くんが来るんだろう？　とりあえずこの話はもうやめよう。久人がその気になって云いだしてくれるのを待つことにするよ」

「坂根さん…」

「こんなことで喧嘩《けんか》するなんてバカらしいよ。俺はべつに待てるから。久人には無理はしないでほしいよ」

言葉通りに受け取っていいのか、俺にはよくわからない。

坂根さんはイタリア行きの予約を変更しなきゃならないからと、書斎に戻ってしまった。

坂根さんの申し出は、本来なら喜ぶべきことばかりのはずだ。それなのに片っ端から断るなんて、もしかして俺は驕《おご》ってるのではないか。そんなふうにも考えてしまう。

やっぱりちゃんと謝った方がいいのかも、そんなことを考えながら準備をしていると、インターホンが鳴って亮太の来訪を告げた。

「いいマンションだね。こういうとこ来るの、けっこう久しぶりだ」

玄関まで出迎えた俺に、亮太はにこにこしながら云った。

「いらっしゃい。ゆっくりして行って」

「お邪魔します。素敵な部屋ですね」

握手を求める坂根さんに、亮太もよそ行きの笑顔でそれに応えている。

「もう準備できるから、坂根さんも座っててね」

ちらと坂根さんを見ると、微笑して頷いてくれて、俺はちょっとほっとした。

「亮太も座ってて…」

「あ、俺手伝う」

そう云うと、亮太は俺のあとに付いてきた。

「そう？　じゃ、この皿を…」

「うおっ、角煮じゃねえか。久しぶりだな」

「亮太が前から食べたい食べたい云ってたからさ」

「おまえ、いい奴だなあ」

調子のいいことを云って、皿やコップを運んでくれた。

坂根さんがビールを注いでくれて、三人で乾杯した。

「うめえ、久人の角煮はやっぱうめえよ」

「そう？　ならいっぱい食え」

「食うよ。最近、うまいもんって焼き肉くらいしか食べてないからなあ」

珍しく、亮太は今付き合っている相手が居ないのだ。

「サラダも特製だから、ちゃんと食べろよ」

「久人、オカンみてえだな」

「鰹《かつお》のたたきは自家製だからな。ありがたがれよ」

生のいい鰹が手に入ったので、コンロの五徳を外して直火でたたきを作ったのだ。我ながらうまくいったと思っている。

「おー、うまそー」

「坂根さんも、いっぱい食べてね」

「ありがとう」

俺たちは、どうでもいいようなことばかり話して、どんどん皿を空にしていって、ビールもいつもより早いペースで空けていた。

亮太がいつもより俺にくっついてくるなーとは思ったけど、酔ったときはよくそうなるので俺はあまり気にしなかった。

二人が楽しそうにしているのを見ると俺も嬉しくなってしまって、あっという間に時間がたった。

マンションの下まで亮太を送っていくためにエレベーターに乗り込むと、亮太がちらと俺の顔を見て思い出したように笑った。

「なに？」

「実はさ、おまえがトイレに立ったときに、坂根さんに釘さしといたんだ」

「釘？」

「おまえのこと泣かせたら承知しないって」

「え…？」

「俺と久人はあんたが思ってる以上の関係だからって。坂根さんが久人のこと大事にしないなら、いつでも俺が坂根さんの替わりになるからそのつもりでって」

一気に酔いが覚めた。

「なんだそれ、おまえ、なんのつもりだよ…！」

「坂根さん、俺とおまえのことあやしいって思ってるんだろ？　だからもっと誤解してもらおうと思ってさ」

「亮太、おまえ…」

「あーんな男前が嫉妬《しっと》してくれるなんて気分いいだろ」

「いいわけないだろ。あれですごいSなんだよ」

「確かにそんな感じだ」

亮太はにやにや笑って納得している。

「おまえ、ふざけたこと云って…」

「虐めてもらえよ。おまえドMだろ」

亮太はなんでもお見通しだ。

「俺から聞いたなんて云うなよ。知らないフリして、もっと彼を怒らせるといいよ。あの男前がどんな顔で虐めるのか見てみたい気もするけど」

俺は不謹慎にもどきどきしてきた。

「今見た感じでも、坂根さん俺に露骨に対抗意識見せてたよ」

「まさか」

「ほんとほんと。スカした顔して独占欲強そう」

「そうかな」

「そう思うよ。でも、久人はそういうの好きなんだからいいんじゃない？」

亮太は俺のことをよく知ってる。俺は反論しなかった。

「束縛して、虐めてほしい、とか思ってるだろ？」

「お、思ってないよ…！」

「大丈夫。それ坂根さんも全部わかってるみたいだから」

いったい、亮太と坂根さんはなんの話をしたんだろうか。

「あ、車来た」

呼んでおいたタクシーが見えた。

「このあとどうなったか、報告しろよ」

にやにや笑って云う。まったくもう、この男は。

「誤解が解けなかったらすぐに電話してこい。俺の責任だからちゃんと説明するよ。けどまあ、その心配はないと思ってるけど」

「…おまえな」

「きっと、俺に感謝すると思うよ。じゃあ、お休み」

亮太は妙にさっさとタクシーに乗り込むと、軽く手を振った。

俺は亮太に手を振り返しながら、部屋で待っている坂根さんの顔を思い浮かべてどぎまぎしてしまう。おいおい、しっかりしろ。何を期待してんだ、俺は。

だいたい坂根さんが亮太の揶揄《やゆ》を真に受けるはずがない。ちょっとでも嫉妬してくれるかもなんて期待するのは、彼に失礼というものだ。

そう自分に言い聞かせて、部屋に戻る。

「ただいまー」

云いながら部屋に入ると、坂根さんがテーブルの上を片付けていた。

「あ、俺やるのに…」

慌てて皿を運ぶ。

「…久人、こっちおいで」

どきりとして振り返ると、坂根さんの表情は冷たかった。

「あの…」

「黙って」

ぴしりと返すと、俺の顎《あご》に手をかけて首筋をチェックしている。

「…痕《あと》はついてないな」

「え…」

「亮太くんにキスされた？」

俺は慌てて首を横に振った。急いで振ったので少しよろりとなった。

「彼、久人にべたべたしてたね。久人も全然振り払わないし」

坂根さんは亮太が云ったとおり、本当に嫉妬しているみたいに見える。

長い指で俺の唇をなぞると、嚙《か》み付くように俺にキスをした。

坂根さんが嫉妬してくれている、そう思うだけで勃起しそうだった。

「正直に答えて。あいつと寝たことある？」

「な、ないよ！」

「亮太くんが云うには、久人はフェラがずいぶんうまくなったって」

あいつ、殺ス。

よりによってなんてこと云うんだ。

「誰のおかげでうまくなったんだろうなあ？」

坂根さんの目が据わっている。やばい、かなりやばい。でもそんな坂根さんに、ちょっとうっとりしかけている自分もいる。ほんとにどうかしている。

坂根さんは俺のシャツの中に手を入れて些《いささ》か乱暴に乳首を摘《つま》んだ。

「いたっ…」

「痛いの好きだろ？」

冷たく返すと、シャツを脱がせて赤くなった乳首を何度も舐める。

「あ…」

思わず声が洩れてしまう。早くも股間はギンギンだ。

坂根さんは執拗に乳首を弄《もてあそ》ぶ。舌全体で舐め回したり、唇で挟んだり。そしてデニムからもはっきりとわかるほど張りつめたものを、布越しに触ってくれる。しかしそんな中途半端な触り方だとよけいにきつい。

「さ、坂根さん…」

じれったさに、ねだるように甘い声を出してしまう。

しかし彼はいつものように俺の欲しいものを与えてくれない。それどころか、布越しに触るのもやめてしまった。

俺にはもうわかっていた。やりたいなら自分でやれということが。

俺は躊躇もなく、デニムのファスナーを下ろしてその中のものを握り込んだ。そして坂根さんが見てる前でそれを扱くと、あっけなく果ててしまった。

「早いね…。こういうの好きなの？」

いつもなら微笑しながら俺を煽るのに、今日はそれがなくて冷たい視線だけを感じる。なのにそれにぞくりとしている自分がいるのだ。

「それじゃあ、上達したフェラで俺のをしゃぶってよ」

俺を見下ろしてそう云うと、俺の顎を摑んで強引に自分の股間に顔を埋めさせる。

「…亮太くん、今フリーなんだよね？　うちに引っ越してこないのはそれが原因？」

「ち、ちが…！」

慌てて首を振る俺を冷たく見下ろす。その彼の視線を感じて、中心が熱くなってくる。

「…それじゃ、俺のこと満足させて」

坂根さんはにこりともせずに、俺に命令する。

こんなふうに冷たくされることで、俺はふだん以上に感じてしまっている。

おずおずと口を開いて、坂根さんのものに舌を這《は》わせる。俺がしゃぶっている間、坂根さんは俺に触れようとはせずに、覚めた目で俺を見下ろしていた。

その視線にぞくぞくしながら、今度は口に含んで喉元まで彼を迎え入れる。噎《む》せそうなくらい深いところまで彼を咥え込んで、喉で締め付ける。そうすると坂根さんの眉が寄って、俺に快感を伝えてくれる。もちろん彼のものは俺の口の中で充分に膨張している。

そんな坂根さんの反応が嬉しくて、必死にご奉仕していると、坂根さんは突然俺の頭を摑んでぐいと更に深く押さえ込んだ。喉元深くに射精されて、俺はさすがに噎せて咳《せ》き込んでしまった。それなのにそうされることで、俺も射精していたのだ。

「…今のでイったのか？」

ああ、もう変態だ。そんなふうに蔑んだ目で見られて感じるなんて…。

でも今日はもう止められなかった。もっと、虐めてほしい。でもそんな変態な俺でも、そこまでは口にできない。

黙って俯く俺に、坂根さんは云った。

「自分で後ろほぐして。それとも準備なしでいきなり挿《い》れるか？」

「え…」

思わず坂根さんを見上げると、俺と目が合った瞬間彼はふっと微笑した。

すべて見抜いているよ、という笑みだった。

俺は恥ずかしくて身体が熱くなる。でもそれすらも快感なのだ。

そして彼はまたその微笑を消して、冷たく俺を見下ろしてくれる。

「自分で指挿れてるとこ、俺に見られたいんだろ?」

「あ…」

「早くして」

坂根さんの心得たようなSっぷりに、俺は操られるように従う。

優しく虐められるのも大好きだけど、こんなふうに冷たくされるのもたまらない。

俺は膝立ちになって目を閉じる。そして指を唾液で濡らすと、自分の後ろに埋めた。

一人でやるときのように、指を出し入れする。

「あ…ん……」

目を閉じていても坂根さんの視線を全身に感じて、恥ずかしさと快感でどうにかなりそうだ。

「気持ちいい?」

俺はこくこくと頷いた。

「いやらしい子だね」

冷たい声が、よけいに俺を煽る。

俺は夢中になって、くちゅくちゅと指で後ろを弄《いじ》った。

「あ、祐司、さん…」

薄目を開けて、坂根さんを窺う。

「…そこに四つんばいになって」

俺は云われたとおりにするしかない。

自分で濡らしたそこが露になる。俺はもう一度ぎゅっと目を瞑《つぶ》った。

「ゆ、ゆうじ、さん…。早く…」

俺は、はしたなくも催促してしまう。

坂根さんは四つんばいになった俺のお尻に、硬くなったものを押しつけた。

「久人があんまりエロいから、俺も勃っちゃったよ」

坂根さんがそんなこと云うなんて…。

「うんと虐めてあげるから」

囁いて、ペニスの先端を擦り付ける。

「すごい、ひくついてるよ」

「や…あ、ん…」

「おねだりして？」

俺は唇を舌で舐めた。

「入れて…祐司さんのを俺のお尻に入れて…」

正気じゃ絶対に云えないことだけど、自分で口にして煽《あお》られてしまう。

「もぉ…、焦らすなよぉ…」

くすりと坂根さんが笑ったような気がした。

次の瞬間、坂根さんの硬いものがいつもより少しだけ乱暴に捩《ねじ》り込まれた。

「は、ああ…っ…!」

坂根さんに支配されるような感覚がいつもより強い。それはたぶん、俺が望んでいたことでもあるのだろう。

ふだんの、とろとろに甘いエッチも大好きだけど、強引なのもすごくいい。

深く腰を使いながら、カチカチになった俺のペニスを片手で扱いてくれる。

坂根さんの顔が見えないのは寂しいけど、坂根さんにも見られずにすむから、無防備に喘ぎまくってしまった。

そして坂根さんは今にもイきそうになる俺の耳元に意地悪くこう囁いたのだ。

「久人は思った以上にドMだな」

「や…」

「今度はもっとひどいことしてあげるね」

そんな言葉にうっとりしてしまう。

俺はとうとう、坂根さんによってどこに出しても恥ずかしくない変態にされてしまった。

あのあと何度もいかされて、俺はぐったりとそのまま眠ってしまったらしい。

目が覚めたときには、隣に坂根さんの姿はなかった。

もしかして昨日のことで引かれたのかもしれない。そう思うと不安になってくる。と同時に、昨夜を思い出すと恥ずかしくて顔を合わせられない気もする。

そっと寝室のドアを開けてみるが、人の気配がしない。

書斎かな？　と思いながらも裸で確認に行くのは躊躇われた。なので先にシャワーを浴びることにした。

あれが自分なのだと認めるのは少し抵抗がある。でも、坂根さんがそれでもいいと云ってくれるなら受け入れられると思う。でも呆れていたとしたら辛い。

自分だって昨日まであんな自分は知らなかった。

シャワーを浴び終えて書斎を覗いてみたが、坂根さんは居なかった。

一気に落ち込んで、リビングのソファにぐにゃりと沈み込む。

「坂根さん…」

ぽつりと呟いて、寂しい気持ちになってそのまま丸まった。

冷房はついたままだし、髪が濡れたままだと風邪をひいてしまう。でも髪を拭うのもなんか面倒で、そのままうとうとしかけたときに、ドアが開いた。

「ただいまー」

呑気《のんき》な坂根さんの声に、俺はがばっと起き上がった。

「坂根さん…！」

「…そんなカッコで寝てたら風邪ひくよ」

俺の好きなパン屋の袋を抱えた坂根さんはふだんとまったく変わらない様子で、俺は安堵感からか思わず泣きそうになってしまった。

「どうしたの？」

俺の様子がおかしいのに気付いて、袋をその場に置くと大股でソファに近付く。

「だって、起きたら坂根さんが居なくて…」

「えー？　久人がライ麦パン食べたいって云うから買いに行ってきたんじゃないか」

「ライ麦パン？」

「あー、やっぱり寝惚けてたんだ」

坂根さんは呆れたように笑って、俺の髪をバスタオルでごしごし拭《ふ》いてくれる。

「俺が居なくなって泣いてたの？」

「な、泣いてないもん」

「なんで居なくなったくらいで泣くの？」

「だ、だって…」

「だって？」

坂根さんがちょっと意地悪な目で俺を見る。

俺は彼から目を逸らして、ぼそっと云った。

「…昨日のこと、呆れてるかなと思って」

「昨日のこと？　後片付けしなかったこと？」

「そ、そうじゃなくて…！」

目が合うと、坂根さんはにやにや笑っている。

「…可愛く乱れまくったこと？」

首まで赤くなった俺を、坂根さんは無理に自分の方に向かせてキスをする。

「俺に冷たくされて感じまくったこと？」

唇を舐められた。

「ドM全開だったこと？」

耳朶を軽く噛む。

「…すんげ、可愛かったよ。あれで呆れるような奴は男じゃないだろ」

囁くと、俺の首の後ろを摑んでぐいと引き寄せて、貪《むさぼ》るようなキスをした。

唇を吸われ、舌を舐め回され、何度も何度も俺を追い詰める。

ああ、もうたまらない。

好き、この人が好き。もっとほしい。ずっと抱かれていたい。

「甘えるのが好きで、虐められるのが好きで、はしたないこともいやらしいことも大好きなくせに、でもいちいち恥ずかしがる」

そんな言葉に恥ずかしくて震えてしまう。でもその通りなのだ。

やっぱり坂根さんは全部お見通しだった。

「…最高だよ。俺のS心を刺激しまくり。昨日はもう歯止めきかなくて、俺もあんなにしつこくしたの初めてだよ」

「坂根さん…」

「亮太くんはこうはいかないだろ?」

ちょっと探るように云う。

「りょ、亮太は全然違うって!」

坂根さんがまだ亮太のことを気にしてたことに気付いて、慌てて否定する。

「でも昨日、あんまり否定しなかったな」

「あ、それは…」

坂根さんの顔がまたちょっとマジになっている。

「あ、あの…。亮太が坂根さんに誤解させて虐めてもらえって…」

坂根さんの眉がちょっと寄った。あ、まずい。

「も、もちろん、そんなことするつもりじゃなかったんだけど、坂根さんが怒ってくれるとなんかどきどきしちゃって…」

「もっと怒ってほしくて否定しなかった？」

「…うん」

これはさすがに呆れられても仕方ない。

「ごめんなさい」

「俺はきみらにまんまとハメられたってこと？」

「そんなつもりじゃないけど…。亮太のことで坂根さんが妬いてくれるなんて思いもしなかったし…」

「俺すごい独占欲強いって云ってなかった？」

「でも、亮太が俺のタイプじゃないことくらい、坂根さんなら絶対にわかるはずだし」

「…まあ確かに、亮太くんの云ったことを信じてるわけじゃないけどね」

「え…」

俺ははっとして顔を上げた。

「…じゃあやっぱり、坂根さんはわかってて俺を虐めたんだ？」

坂根さんはくすくす笑っている。

やっぱり、彼の方がずっと上手だ。

「俺はSだから、久人がどんなふうに虐めてほしいのかすぐにわかるんだよ」

「…坂根さんってほんとスケベだ」

ぼそぼそと返す。いいように弄ばれている気がしないでもなかったけど、それはそれで決して嫌ではなかった。

「けど、亮太くんの、俺の方が久人のことはわかってるんだぜって目線はむかついた」

「そ、それは坂根さんにわざと誤解させるためで…」

「違うね。彼はあくまでも友達としてだろうけど、自分が誰よりも久人を理解してるって云いたいんだよ。俺にはわかる」

「そんなことは…」

「亮太くんって俺と似てるとこあるような気がするんだよなあ。油断ならないよ」

「え…」

云われてみれば、確かにそうかもしれない。でもだからって油断ならないとか、そういうのは絶対に違う。

「し、心配してるだけだと思う。あいつ年下なのにアニキ気質《きしつ》っていうか…」

「そうだな。今度また彼を呼んで、俺がいかに久人を大事にしてるのか、俺が久人にめろめろなとこ見せたら引き下がるだろう」

真面目な顔で云われて、俺はまたぽーっとなった。

坂根さんが俺にめろめろだって、言葉の綾《あや》でも嬉しい。

「坂根さん、俺にめろめろ？」

冗談っぽくもう一度聞いてみる。

「そうだよ。正直云って、岸谷《きしたに》と一緒に仕事してるのもおもしろくないんだから」

岸谷はうちの専務だ。

「専務？　なんで？」

「…結婚して大人しくなったけど、あいつ男もいける口なんだよ」

「え、えええ？」

そんな話聞いたことがない。俺はびっくりした。

「だからあいつも俺がバイなのを知ってるわけ」

「そ、そうだったんだ…。あ、でもそれじゃあ、専務は坂根さんがバイなのも俺がゲイなのも知っていて、ついでに俺が坂根さんに憧れてるのも知ってたくせに、坂根さんに手を出すなとか忠告してたんだ…！」

「そう。あいつはそういう奴だ」

「ひどい。俺の恋路を邪魔してたんだ」

思わず非難がましい声を上げた。

「まあ、岸谷にとってきみは弟みたいなもんだし、岸谷は俺の素行の悪いときも知ってたから、遊び相手なら承知しないって意味だったんだと思うけどね」

弟は違う気がしたけど、確かに専務はいろいろと目をかけてくれてるとは思う。

「あ、でも専務がバイだってのは社長は…」

「もちろん彼女も知ってる。あいつは外見とかはまったく関係なく、才能に惚れるタイプなんだよ。だから男女も関係なし」

なるほど。それで社長のためにブランド立ち上げて、雑用一手に引き受けて、社長の才能を開花させたんだ。今も更に社長の才能を活かすために奔走している。本当に惚れてるんだろうなと思う。

「けど、だったら専務が俺に興味示すはずないと思うんだけど…」

「べつに久人に手を出すとか心配してるわけじゃない。俺の久人は浮気しない子だもんな」

確認するように微笑されて、俺はしっかりと頷いた。

「うん。絶対にしないよ。専務のことだって尊敬はしてるし、格好いいなと思うことはあるけど…」

「…格好いいと思うのか？」

「え、あの、仕事ぶりが…」

「スーツの着こなしが格好いいとか思ってるんじゃないのか？」

坂根さんの口調が詰問っぽくなっている。でもそれも冗談のうちなのか、俺には判断がつかない。

「でもいくら専務がかっこよくても、坂根さんとは比較にならないよ。坂根さんは俺にはもったいなさすぎるほど格好いいもん」

「…ほんと？」

俺は顔を覗き込まれて、また赤くなってしまう。

「こうやって一緒に居られるのが夢みたいだって、今でも思うもん」

「久人はほんとに可愛いなー。まあべつに岸谷と久人がどうとかなるとか思ってるわけじゃないよ。ただ純粋に羨《うらや》ましいわけ」

「羨ましいって…」

俺は正直びっくりした。それって、たとえば俺が坂根さんの仕事仲間の阿部《あべ》さんを羨ましいと思ったりするのと一緒なんだろうか。

「一緒に仕事できてるってだけでも羨ましい。実際、俺と居るより長い時間久人と一緒に居るわけだから」

「坂根さん…」

「ついでに云うと、亮太くんも羨ましいと思うことある」

「な、なんで？　亮太と俺ってそんなべったりじゃないよ。このところずっと会ってなかったし」

「そういう、お互いを信頼して分かり合ってるってとこも、正直羨ましい」

俺はどう返していいのかわからない。そんな俺を見て、坂根さんは苦笑した。

「俺が独占欲強くて嫉妬深いって意味、わかったろ？」

「……」

「でも、できるだけわがまま云わないようにするから…」

「わ、わがまま云ってよ！」

俺は思わず返していた。

「え？」

「あの、俺、わがまま云われるの嬉しい」

「ほんとに？」

「うん。できないこともあるけど、でも云われるのは嬉しい」

真顔で云う俺を、坂根さんは少し意外そうな顔をして見ていた。

「そ、そりゃ、イタリアついて行けないとか、会社辞めないとか、引っ越ししないとか、あんまりリクエストに答えてないけどさ…」

「そんなことは…」

「で、でもね、夜中に突然会いに来いとか、朝一で弁当作れとか、そういうのだったらすぐにきいちゃうよ」

「久人…」

前に今の会社を辞めたらと云われたときは、俺の仕事を軽く考えると思ったから勝手な言い分だなと思ったけど、そうじゃなくて本当に俺を必要としてくれてるなら考え直してもいいと思った。

同棲も、本気で俺と一緒に居たいと思ってくれてるからなら、将来の心配なんかしてる場合じゃないかもしれない。

「…久人、俺は久人のことを振り回したいわけじゃない。無理して俺に合わせることなんかないんだよ」

「無理じゃないよ」

「それに俺はどっちかというと、わがまま聞いてあげたい方だし」

坂根さんは俺の髪に触れると、くしゃっとかき乱した。

「でもそうだな、せっかくだから今日だけはわがまま云ってみようかな?」

坂根さんの顔がちょっと悪戯っぽい色を帯びた気がした。

「俺さ、起きたとき一人ってのがすごい苦手なんだ。隣に誰か居てほしい。今は誰かじゃなくて、久人に居てほしい。なのに久人が泊まりに来るのってせいぜい週末だけだろ? ときどき朝起きたとき無性に寂しくなるんだ」

「坂根さん、寂しがり屋なんだ?」

「そうだよー。すごい寂しがり屋。だからできるだけうちに泊まりにきて?」

「…うん」

邪魔にならないなら、いつでも来たい。

「こないださ、俺が仕事ですごく遅くなったとき、次の日仕事なのに久人が帰らずに待っててくれたときあっただろ。泣けるほど嬉しかったよ」

ずきゅん、ときた。

今日の坂根さんは可愛すぎる。

「一緒に住むのがすぐには無理でも、俺が居ないときも部屋で待ってて？」

「うん。待ってる」

「それじゃあ、わがままついでに…」

「ん？」

「今度、久人がひとりエッチしてるとこ録画したいんだけど、いい？」

坂根さんは強力にチャーミングな笑みを浮かべて、とんでもない提案をしてきた。

「さ、坂根さん？」

「ほら、海外ロケとかで暫く久人と会えないときにそのＶＴＲを見て…」

「うわー、坂根さんのばか、ばか！」

「お互いに撮りっこしようよ。何なら、ハメ撮りもいいね」

「し、知らない！」

俺は真っ赤になって顔を背けた。

なんてことを云い出すんだよーと思いながらも、坂根さんがいやらしく誘ってきたら、なし崩し的に受け入れてしまいそうな自分が怖い。

いや、でもこれは阻止しないといけないだろう。そう、良識ある大人として！

ああ、でも全然自信がない。どうしよう。

ぐるぐるしている俺を、坂根さんがおもしろそうに眺めている。あの目は、絶対に攻略できる自信がある目だ。やばいよう。

そんなことで日曜の朝っぱらから悩んでいる俺は、ほんとおめでたい奴だと思う。

そして悩みながらも、俺は本当に幸せだった。


坂根さんとらぶらぶな週末を過ごして、俺はその週は絶好調だった。

社長に頼まれていた資料を探しに図書館まで出かけて、戻ってきたときのことだった。

「成末くん、もうすぐ坂根さんが来るから、お茶の用意しておいてね」

「え？　今日、予定入ってました？」

びっくりして予定表を見る。

「ないわよ。さっき電話かかってきて、これから行くからって」

「そんな急に？」

「そうなのよ。岸谷も居るか確認してたから…」

「え、専務も？」

珍しく午前中から二人が揃っているなと思っていたら、そういうことだったのだ。

「来年の契約更新しないなんて言い出さなきゃいいんだけど…」

「え…」

「坂根さんのとこ、来年あたりA社と合併するって噂があるのよね。その関係でうちとの仕事を降りるなんてことは…」

そ、そういえばそんな話はしていた。

「まあそのときはそのときで仕方ないかな。けどそれだとそれなりに違約金が発生するから、それを資金にしてべつのクリエイターを探すさ」

意外にあっさりと専務が云う。いつもドライな人だけど、坂根さんがからんでることなので、俺は内心唇を尖らせた。

「えー、私は坂根さんじゃないと嫌だわ」

そうそう、社長もっと云ってやってよ！　声に出さずに彼女を応援する。

「クリエイターなんて腐るほどいるんだから、他にもきっと見つかるさ」

「腐ってるような人は嫌よ」

「違約金でギャラの高い人に頼めるかも。それに何も日本だけで探さなきゃならないわけじゃないんだし」

「あら、そういう手もあるのね」

あ、社長ひどーい、裏切り者だ。あんなに坂根さんに世話になってるくせに！

「でもやっぱり坂根さんに続けてほしいわ」

そうでしょ、そうでしょ。

などと俺が心の中で突っ込みを入れていると、受付から電話があって坂根さんが来たことを知らせてくれた。

俺は急いでキッチンに走って、コーヒーの準備をする。

できるなら、このまま坂根さんが社長との仕事を続けてくれますようにと祈りながら、お茶受けのケーキを切る。

「急にどうしたの？　悪い話？」

坂根さんが現れるなり、社長が聞いた。

「おいおい、挨拶もなしか」

坂根さんは苦笑して、コーヒーを運んできた俺に合図をした。

「ちょっといい？」

人差し指ですっと廊下を指す。

俺たちが付き合うようになってからも、坂根さんがうちの会社の中で俺と個人的な会話をすることは殆どなかったので、俺はちょっと慌てたが、それでもばたばたと廊下に出た。

「ど、どうしたの？」

「うん、この際だから挨拶しておこうと思ってね」

「挨拶？」

坂根さんは俺にウインクしてみせた。

「俺たちのことね」

「え、何、坂根さん、いったい…」

焦る俺の腕を摑んで事務所に戻ると、訝《いぶか》しげな顔をした二人が俺たちを見た。

「坂根さんって、成末くんと親しかった？」

「うん。実は二人に報告しておきたいことがあるんだ」

「報告？」

坂根さんはにこっと笑うと、俺の腰をそっと抱いて云った。

「俺たち結婚します」

「え？」

社長と専務と俺の三人が同時に声を上げた。

「お二人には久人が公私ともにお世話になってるみたいなので、この際ちゃんと挨拶させてもらおうと思って」

「さ、坂根さん！　急に何を…」

「俺、大真面目だから。特に、岸谷、あんたに話すってことはそういうことだ」

専務の顔に長い指を突きつけた。

「久人、そういうことだから」

俺に微笑《ほほえ》みかける。

「坂根さん…」

「久人は俺らが付き合ってても、いつか終わることを心配ばっかりしてる。だから、俺がそういうつもりで付き合ってるんじゃないってこと、知ってほしかった」

俺は驚いた。坂根さんには俺の不安は通じていたのだ。

「将来は何が起こるか俺にも久人にもわからないことだけど、少なくとも俺はずっと一緒に居るつもりできみと付き合ってる」

俺は泣きそうで、社長はあっけにとられていて、専務は苦笑している。

「…ほんとは、久人にうちの事務所に来てもらって一緒に仕事したかったんだけど、久人はここがいいらしい」

「当然だな」

専務が平然と云う。

「彼にはいずれ俺の右腕になってもらうんだからな。おまえに取られるわけにはいかない」

え、なにそれ？　専務、それ初耳なんですけど。

「プライベートはともかく、仕事上では彼はうちには欠かせない人材だからな」

「…久人がそれを認めてるなら仕方ない。けど、プライベートは俺が独占だからな」

「どうぞ、お好きに」

専務はしれっと返すと、かかってきた電話に出た。

「あの、ちょっといいかしら？」

それまで黙っていた社長が口を開く。

「これはいったいどういうこと？」

「え、あの…」

口ごもる俺に代わって、坂根さんが説明してくれる。

「久人は俺の配偶者も同然だから。そのつもりでこれからもよろしくっていう挨拶のつもり」

「…まあ。成末くんの付き合ってる人って坂根さんだったのね。びっくり」

びっくりと云ってるわりには、社長はそれほど驚いているようには見えない。

「坂根さんのお相手が成末くんだとはさすがに思わなかったけど、でも私は二人とも好きだから嬉しいわ」

「ありがとう」

そう云って、坂根さんは社長ににっこりと微笑む。

「それじゃあ、うちの仕事はずっと続けてもらえるのね？」

「それはもちろん」

「よかった。それはそうと、他のスタッフには内緒にしとかなきゃいけないの？」

「久人がいいなら、俺は特に内緒にするつもりはないけど」

坂根さんはそう云って俺を見る。

「え、云ってもいいの？」

「久人がそうしたいなら」

俺は嬉しくて泣きそうだ。

「あら、それじゃあ、せっかくだからうちのオフィスでお披露目パーティを開きましょうよ。そしたら皆に紹介できるわ」

「あ、それはいいかも」

社長の提案に坂根さんが同意する。

「私、タキシードとドレスをプレゼントするわ！」

「え…？」

社長ってば、何を考えてるんだ…。

「しゃ、社長、ドレスはよけいですって。俺はそんなもの着ませんよ」

俺の抗議に、社長は眉を寄せた。

「誰があんたのドレスだって云ったのよ」

「え、違うんですか？」

「ドレスは坂根さんでしょ。顔立ちが綺麗な方がドレスが映えるもの」

いやそりゃ坂根さんと俺とじゃ、誰が見ても坂根さんの方が綺麗に決まってる。けど坂根さんの身長は一七五センチそこそこの俺よりも更に十センチは高いし、ほっそり見えるけど脱いだらしっかり筋肉質ですごいのだ。ドレスが似合う体型じゃない。

でも…、化粧は似合うかも。ちょっとだけ見たい気はする。

「まあ俺ももう三十過ぎてるんで。そういうのは勘弁してほしいよ」

「あら、まだまだ大丈夫よ。坂根さんなら似合うと思うわ」

天然な社長の押しに困惑する坂根さんに、電話を切った専務が助け舟を出してくれた。

「ドレス姿は二人とも似合わないと思うから、二人ともタキシードでいいんじゃないの」

「え、そんなのいらないですよ。恥ずかしいよ」

「えー、つまんない。タキシードとドレスじゃなきゃ作らない」

「だからいりませんて」

俺は見せ物になる気はないし、社長の趣味に付き合う気もない。

「それより、久人にまだ云ってなかった」

「え？」

「俺と結婚してくれる？」

俺はごくりと唾を飲み込んだ。

坂根さんはにこにこして俺を見ている。

ここは云わなきゃならないとこだろう。俺は覚悟を決めた。

「ふ、ふつつか者ですが、どうぞよろしくお願いします」

「こちらこそ」

坂根さんはそう云ってふっと笑うと、社長たちが居る前で俺を引き寄せてキスをしてくれた。

なんだかわけがわからないけど、やっぱり俺は幸せだった。

恋に落ちる記憶・おまけ

今日は朝から坂根さんのお仕事見学だ。

大がかりなCMの撮影ということで、一度坂根さんの仕事ぶりを見てみたいなと云ってみたらあっさりと許可が出た。

差し入れにと前日からケーキを焼いた。キャラメルのパウンドケーキだ。ほろ苦いのが大人の風味で、社長のお墨付きだ。もうね、自分で云うのも何だけど、これは売れるね。もしかしたら商品化したいとか申し出がどこからかあったらどうしよう。そんなアホなことを考えながら、食べやすい大きさに小さくカットして一個ずつラップで包んで、準備完了だ。


撮影中の坂根さんは、うっとりするほど素敵だった。

淡々と指示を出していく姿は、超クールで、ぞくぞくするほど格好いい。

今大人気の女性アーティストが男性モデルとからむというシーンなんだけど、坂根さんはその外人モデルと並んでも少しも引けをとらない。坂根さんがモデルとしてCMに出ていても少しもおかしくないのだ。そういえば若いころは撮るよりも撮られる方だと云われて、モデル事務所からも勧誘を受けていたと専務から聞いたことがある。

もしそのとき坂根さんが撮られる方を選択していたら、出逢うことすら難しいし、俺の恋人になってくれるなんてことにはなかっただろう。そう思うと、運命に感謝したくなる。

俺は隅の方で邪魔にならないように見学していたのだけど、何やら主役が文句を云いだして、撮影が中断されてしまった。

「また美晴ちゃんのワガママが始まったよ」

カメラマンの阿部さんが小声でこぼす。

「坂根はご機嫌とったりしないからなあ」

「…まずいんですか」

「まあ、いつものことだけどね」

阿部さんは苦笑すると、俺が持ってきたケーキに目を止めた。

「お、これはいい。お菓子で機嫌とってみるか」

まさかケーキごときで機嫌が直るわけはないだろうと思うのだけど、阿部さんはお皿に盛った俺の手作りケーキを持って彼女のマネージャーを呼んだ。

ちょっとどきどきして様子を窺っていると、俺のケーキをひと口食べた彼女の顔がぱっと晴れた。

「なに、これ美味しい！　どこのケーキ？」

阿部さんが振り返って、俺を呼んだ。

「これ、彼が作ったんだ。美味しいでしょ」

「この人が？」

俺は慌てて頭を下げた。間近で見るとやっぱり綺麗だ。

「ふうん。パティシエ志望？」

「いえ、ただの趣味です」

焦って答える。

「まあもったいない。ケーキ屋さんやればいいのに。絶対に流行るから。なんなら私のブログで宣伝してあげてもいいわよ」

俺はとりあえず笑ってごまかした。

「背高くてカッコイイし、イケメンのパティシエってことで人気出ると思う！」

「は、ははは…」

なんか、妙に気に入られたみたい？

「ねえ、田中さんも彼いいと思うでしょ？」

田中さんというのはどうやら彼女のマネージャーらしい。

「そうねえ。ちょっとぼんやりした感じだけど、でもそこが優しそうに見えていいかも。モデルとしては背が低いけど、タレントなら充分だわ」

おいおい、何を勝手にそんな話を…。

そのとき、坂根さんがすっと俺の横に立った。

「だめだよ。彼は売約済みだから」

ふっと笑いながら彼女たちに云うと、俺を見て微笑んだ。

「あら、やっぱりタレントさんなんだ。どこの事務所？」

「彼はタレントなんかじゃないよ」

「え？　どういうこと？」

坂根さんは俺の腰に腕を回した。

「彼は俺が育ててんの」

「坂根さんが？　育てるって、彼もクリエイター志望？」

「いいえ。俺のパートナーとして育ててる最中」

俺は真っ赤になってしまった。

「パートナー？」

「そ。人生のパートナーってやつ」

さ、坂根さん、それはあまりにもぶっちゃけすぎでは…！　見てよ、二人ともドン引きだ。

「ということだから、美晴ちゃんもうちの久人にちょっかいかけないでね」

「さ、坂根さん！」

慌てて俺が叫ぶと、美晴さんが溜め息をついた。

「ほんと、この業界って、ちょっといい男はみーんなホモなのよねえ」

「美晴、声が大きい」

マネージャーが慌てて止めるが、坂根さんは少しも気にしていないようだ。

「さっさと終わらせて、ホモじゃないいい男を捜しに行くかー」

いつのまにか機嫌は直ってたようで、それを合図に撮影が再開された。

「ありがと。久人のケーキのおかげだよ」

耳打ちされて、俺は浮かれてしまう。

美晴さんは、仕事モードに入ると表情が変わった。さすがにプロだ。そしてそれは坂根さんも同じだった。こんな坂根さんが毎日見られるなら、転職を考えた方がいいかもしれないなどと思ってしまったくらいだ。

「久人クン？」

撮影を終えた美晴さんが俺に声をかけてくれた。俺はびっくりして振り返る。

「ケーキ、すごく美味しかった。ほんとにお店やらない？」

「あ、あの、ありがとうございます。でも、商売にするのは…」

「ええー、残念だなあ。私また食べたいのに」

そんなに気に入ってもらえるとは思わなかったので、正直どう答えていいかわからない。

「注文して作ってもらうとかもダメ？　ちゃんとお金払うから…」

「え、でも、これって簡単なケーキだから…」

「キャラメルケーキは今までも食べたことあるけど、全然違ったもん」

唇を尖らせる顔も可愛い。そりゃ作るくらい何でもないけど、でも相手は今をときめく美晴ちゃんだよ…？　そう思って躊躇していると、坂根さんが間に入ってくれた。

「これ、うちの事務所の名刺。ほんとにどーしても食べたくなったら電話してきて。俺が彼に頼んで作ってもらうから」

「ほんと？」

「ああ。けど、直接連絡とるのはダメ」

坂根さんは優しく云って微笑んだ。

「うわあ、坂根さんって独占欲強い人なんだ」

「そう。久人が女の子に興味なくても、美晴ちゃんみたいな美人だと俺も心配だからね」

「そうね、心配した方がいいわ。久人くんって女の子にすごくもてるタイプよ」

挑発するように美晴ちゃんが云う。坂根さんの目がキランと光った。

な、なんだこの光景は。妄想か？　また俺の妄想だな？　俺が坂根さんに独占されたいと思ってるから、こんなやばい妄想をしてしまうのだ。

「美晴ちゃんはSなんだね。けどね、久人をドMに育てたのは俺だから」

坂根さんが勝ち誇ったように云って俺を流し見る。ああ、美晴ちゃんが呆れてる。

それなのに、俺は坂根さんの流し目に、やばいほど感じてしまった。

妄想でもなんでもいい。幸せすぎる。そんな俺に気付いた坂根さんは、そっと俺をトイレに連れ出してくれた。そこから先は、妄想でもあり得ないことが待っていたのだが、それは二人だけの秘密。

あとがき

前のノベルズから一年以上間が空いてしまいました。

お久しぶりの方も、初めましての方も、お手にとってくださってありがとうございます。

今回はいつもとは若干毛色の違う話になっているかもです。

見た目はしっかり男の子だけど、中身は乙女。料理上手で趣味は妄想。わんこみたいに従順でちょっぴりMな受けが、綺麗でカッコイイどS様に調教されていくお話です。

こんなにわんこで可愛い受けは初めて書きます。最高に楽しかったです。

そして甘えたな受けには綺麗で大人な攻め、これしかないでしょう。

二十五の男がこんな可愛いかよ、きもいー、などと思われるかもですが、うっさい、可愛いくて何が悪いんじゃーという心境。

もうね、趣味爆発ですよ。


このお話にぴったりすぎるほどぴったりの二人を描いてくださった須賀さん、本当にありがとうございます。須賀さんに挿絵が決まったときから、綺麗系攻めにしようと決めていました。念願叶って大満足です。

そして、エクリプスのころからずっと担当してくださっていたNさんが、この七月に離職されることになりました。突然のことでびっくりすると共に、今までお世話になるばかりで何も返せていないことが申し訳なくて。Nさんのおかげで、かなり好き勝手に書かせてもらえたように思います。

このノベルズも最後まで見てもらうことができずに、途中で新担当のOさんと交代になってしまいました。それが心残りでもあります。本当に長い間ありがとうございました。

新担当のOさんには早速お世話をかけていますが、今後ともどうぞよろしくです。

さて読者さまには、今回のお話はどのようにどのように受け取っていただけたのか少し不安もあったり致します。私は大変大変楽しかったのですが、ひとりではしゃいで萌え萌えで、でも読者さま不在ではイタいだけですし…。よろしければ感想などいただけましたら幸いです。

ウェブに掲示板なども用意しておりますので、お気軽に書き込んでやってくださいませ。

(http://www1.odn.ne.jp/matsurib/)

二〇〇六年八月　　義月粧子

初出
恋に落ちる記憶――2005年　小説リンクス8号掲載作品を加筆修正
恋に落ちる記憶・その後――書き下ろし
恋に落ちる記憶・おまけ――書き下ろし

LYNX ROMANCE

契《けい》約《やく》不《ふ》履《り》行《こう》

義月粧子 illust. 雪舟薫

898円
(本体価格855円)

有能なエンジニアである三崎と営業部長の土屋は、かつての上司と部下の関係。綺麗な顔で、仕事に厳しい三崎は、周囲から敬遠されがちだが、土屋は彼の意外な面倒見の良さや温かい人柄に深い信頼を寄せていた。ところが、土屋の離婚後、三崎の妻が突然亡くなってしまう。喪服のまま泣く三崎を前に、土屋は欲情している自分に気付き、衝動のままにキスしてしまうが…!? アダルトラブ登場!

LYNX ROMANCE

失《しつ》恋《れん》のあと、恋《こい》は始《はじ》まる

義月粧子 illust. 雪舟薫

898円
(本体価格855円)

高校生の芳和は、叔父の葬儀で出会った、建築デザイナーで洗練された雰囲気を持つ男・井岡を忘れられずにいた。それは井岡が芳和を叔父と勘違いして、情熱的なキスをしてきたからだ。プライドが高く、整った容姿をしているため、自分から他人を求めたことがない芳和。なのに、かつて叔父の恋人だった井岡が、いまだに叔父を愛していることを知りながらも惹かれてしまう。この気持ちをどうしても止められず、芳和は──。

LYNX ROMANCE

オブジェクション

義月粧子 illust. 有馬かつみ

898円
(本体価格855円)

弁護士のエディの元に、以前、助手として働いていた事務所の敏腕弁護士・ロニーが現れる。エディをスカウトするために訪れてきたロニーは、情熱的にエディを口説き始める。かつて、クールで自信家のロニーに憧れていたが全く相手にしてもらえなかったエディは、彼を意識しつつも素直になれないでいた。ところが、ある誤解が二人の関係を変化させて…!? 弁護士事務所を舞台にした男達のアダルト・ラブロマンス。

LYNX ROMANCE

クロージング

義月粧子 illust. 有馬かつみ

898円
(本体価格855円)

裕福な家庭に育ち、派手な容姿をしたニックは、優秀すぎる姉たちへの劣等感を抱えていた。司法試験を終えて、働きはじめた事務所でも、聡明な先輩弁護士・聡一にコンプレックスを刺激される。ニックは聡一を避けるが、何故か彼に気に入られ、誘いをかけられる。そんなある日、ニックの元に厄介な依頼が持ち込まれ……!? 弁護士事務所を舞台にした男達のアダルト・ラブロマンス。

LYNX ROMANCE

リーガル・アクション

義月粧子

illust. 有馬かつみ

898円
（本体価格855円）

常に誰かと競い合い、斬り捨てる――。裁判をゲームのように楽しむ美貌の弁護士、アーネスト。ある悲劇的な事件により、彼は深く傷つき、自ら法廷を去ることになる。ロースクール時代からの友人・ヴィクターは、悩み苦しむアーネストを抱きしめて慰める。逞しいヴィクターの腕の中で一時の安らぎを覚えるアーネストだったが、ただ庇護されるだけの関係に耐えられなくなり…。弁護士事務所を舞台にした、男たちのラブロマンス。

LYNX ROMANCE

加速《かそく》する視線《しせん》

義月粧子

illust. 有馬かつみ

898円
（本体価格855円）

高校時代ひそかに憧れていた人物との偶然の再会――。会社員の森中匡迹は、思わず彼――江崎圭輔を呼び止めていた。江崎が自分を覚えていてくれたことを意外に思いつつも、森中は江崎と友人として付き合うようになる。端整な容姿で、男女問わずもてる彼に強く惹かれていく森中。今の関係を壊したくなくて彼への想いを抑えようとしていたが、ある日、江崎が綺麗な青年にキスしているところを目撃してしまい――!?

LYNX ROMANCE

スレイヴァーズ ディア

華藤えれな

illust. 雪舟薫

898円
（本体価格855円）

倉橋物産の社長令息である柊一は、父の死後、使用人の冴木に会社を奪われた上、隷属することを強要される。躰を虐げられる屈辱の日々に憎しみを募らせた柊一だったが、周囲の悪辣な罠から幾度も救われ、しだいに冴木との関係を見直そうとしていく。冴木と対等になりたいと願う柊一は懸命に仕事に励むが、父の遺書がきっかけで冴木と離れたほうが良いのでは…と思い始める。そして社内のパリ研修に志願するが――。

LYNX ROMANCE

ショールームで甘《あま》い誘惑《ゆうわく》を

バーバラ片桐

illust. 高久尚子

898円
（本体価格855円）

外車のショールームで営業として働く守春は、入社してから一台も車を売ることができなかった。とうとう月末までに契約が取れない場合はクビだと宣告されたが、営業部長の能瀬がアドバイスをくれ、なんとか車を売ることができた。自信のついた守春は営業として活躍し始める。そんなある日、守春はいつも才腕を振るっている能瀬が、実はＯＡ機器も満足に扱えないことを知る。能瀬の意外な一面に親近感を覚え、意識し始めるが…。

この本を読んでの
ご意見・ご感想を
お寄せ下さい。

〒151-0051
東京都渋谷区千駄ヶ谷4-9-7
(株)幻冬舎コミックス　小説リンクス編集部
「義《よし》月《づき》粧《しょう》子《こ》先生」係 ／ 「須《す》賀《が》邦《くに》彦《ひこ》先生」係

リンクス ロマンス

恋に落ちる記憶

2006年8月31日　第1刷発行

著者……………義《よし》月《づき》粧《しょう》子《こ》
発行人…………伊藤嘉彦
発行元…………株式会社　幻冬舎コミックス
〒151-0051　東京都渋谷区千駄ヶ谷4-9-7
TEL 03-5411-6431 (編集)
発売元…………株式会社　幻冬舎
〒151-0051　東京都渋谷区千駄ヶ谷4-9-7
TEL 03-5411-6222 (営業)
振替00120-8-767643
印刷・製本所…図書印刷株式会社
検印廃止

ISBN4-344-80820-7　C0293
Printed in Japan

幻冬舎コミックスホームページ　http://www.gentosha-comics.net